훔쳐보는 일기

네가 그리울 때마다 나는
한 뼘씩 자라나

훔쳐보는 일기

네가 그리울 때마다 나는
한 뼘씩 자라나

초판 1쇄 인쇄일 2015년 8월 10일
초판 1쇄 발행일 2015년 8월 15일

지은이 김시은
펴낸이 양옥매
디자인 이윤경
교　정 조준경

펴낸곳 도서출판 책과나무
출판등록 제2012-000376
주소 서울특별시 마포구 월드컵북로 44길 37 천지빌딩 3층
대표전화 02.372.1537　팩스 02.372.1538
이메일 booknamu2007@naver.com
홈페이지 www.booknamu.com
ISBN 979-11-5776-068-8(03810)

이 도서의 국립중앙도서관 출판시도서목록(CIP)은 서지정보유통지원 시스템
홈페이지(http://seoji.nl.go.kr)와 국가자료공동목록시스템
(http://www.nl.go.kr/kolisnet)에서 이용하실 수 있습니다.
(CIP제어번호 : CIP2015020725)

훔쳐보는 일기

네가 그리울 때마다 나는

한 뼘씩 자라나

김시은 지음

PROLOGUE

소소한 일상의 글을 모아 한권의 편지 같은, 한권의 일기와 같은 작은 책을 만들고자하는 나의 의도는 돈을 벌고자함도 아니고, 글을 쓰는 사람으로서의 명예를 얻고자 함도 아니다.

지나온 나의 시간과 주변을 둘러 바라본 시간들 속에 순간순간 흐르던 감성의 흔적을 남기고자하는 이유 하나면 충분하다.

훗날 나와 함께했던 모든 시간들은 분명 사라져버릴 것이고, 세상은 나를 잊어버리고 말겠지만, 아주 작은 도서관 한 귀퉁이에 남겨질 나의 흔적은 어느 낯선이의 시선을 잡을지도 모르겠다.

나와 그리고 나와 함께하는 주변의 감성을 흔적으로 남기는 일은 나만이 누릴 수 있는 행복이다. 다양한 감성들과 눈으로 바라볼 수 있었던 모든 아름다움들, 열정을 다했던 나의 삶을 사랑했으므로 남겨지는 흔적마저도 나에게 만큼은 아름다웠다 말할 수 있을 것이다.

2015년 8월 김시은

CONTENTS

좋은 기분

따사로운 햇살이
심술궂은 마지막 겨울바람과 다툼질 중인 서툰 봄

불어오는 바람 속에
아직은 차가움이 부리는 성난 추위를 느끼고 있으니……

마지못해 물러서며 서둘러 채비를 하는
얼음 꽃의 아름다움과 움츠렸었던 마음 속 시려오던 추억들

노곤한 배부름, 햇살에 찡긋 감기는 두 눈
나른함으로 스며드는 이른 계절의 느낌……

겨울일기 가득 채우던 쌀쌀한 이야기들은
포근함으로 스며드는 봄날의 화사함으로 가득 채워져 갈 테지

왠지 모를 좋은 기분……

하루를 준비 할 때에는……

궁금하지 않니?
상큼 한 아침을 시작하지만
해가 저무는 저녁 즈음엔 어떤 모습으로
내 작은 방에 들어가게 될지 말이야

어제처럼
밝은 햇살을 담아내는 눈으로 아침을 시작한다만
무수히 만나는 사람들과
연속의 일상을 겪어나가는 시간의 흐름 속에서
어떤 의미들을 만나게 될지 말이야

참 이상한 건
언제나 같은 하루를 만나는 것만 같았거든
그런데, 조금씩 변해가고 있는 삶을 발견하게
되더란 말이지

오늘 역시나 똑같은
하루를 보내게 될지도 모른다만

최선의 시간을 보내다 보면 오늘보다
좀 더 멋진 모습으로 바뀌어 갈 것만 같은
그런 느낌이야

그리고
내일은 좀 더 빛나는 햇살을
바라보게 될 것만 같은 좋은 느낌이 든다.

그러니까
오늘도 멋지게! 힘내야 하는 게 맞는 거겠지?

•이른 봄 타령

지난여름 기억 어딘가에
저장해 두었던 땡볕 한 움큼만 가져다가……
봄의 길목에서 시샘하듯 버티어 내고 있는
찬바람에게 냉큼 물러가라 한줌 비추어 주고 싶습니다.

어서 오라 봄을 기다리고
빨리 보자 길옆 화단을 살펴보고
귀여운 투정으로 움트는 새싹 역시나 보고 싶어집니다.

여린 꽃잎이 눈꽃처럼
날리는 모습은 얼마나 아름다울 까요
투명한 유리창을 뚫고 내려온 햇살 눈부심에
아직은 이른 봄 타령을 해봅니다.

지난여름 기억 어딘가에
저장해 두었던 땡볕 한 움큼마저 그리운
아직은 물러설 기세도 없는 겨울날입니다.

봄이 머지않은 어설픈 겨울날에……

회상

도심 하늘을 가득 메워버린 먼지
구름이 뿌려대던 빗방울에 힘을 잃은 채
어디론가 사라져 갔다.

흙내 나던 장막은 사라져 가고
어둠이 가득한 밤하늘 깊은 바탕은
별무리를 가득하게 늘어 촘촘한 수를 놓았다.

세다가 잊어버리고
다시 세다가 잊어버리고
다시 또 세다가 잊어버리기를 반복하고

숫자 매김 하던 별 바라기 두 눈은
그 옛날 긴 머리카락을 어루만지던 소녀의
눈동자에 떠오른 맑은 빛을 기억으로 헤아린다.

수줍은 소년의 가슴은
소녀를 떠올릴 때마다 일렁이던 미진한 통증이

시작되던 사랑이었음을 알지 못했다.

시간의 박자에 맞추어 걷던
소년의 발자국은 가슴가득 그리움을 품은
장년의 모습으로 세월의 흔적을 남겨 놓았다.

뿌연 먼지하늘을 거두어간
빗방울이 만들어 놓은 맑은 하늘 아래로
이따금씩 떠오르는 별무리 닮은 소녀의 눈빛……

그리고…… 한 남자~!

향기를 만드는 여자 ~

이른 아침 어김없이
향기롭게 번지는 원두 향을 만드는 여자가 있다.
야속한 시간 속에 묻어 두었던
여자의 꿈과 세월의 이야기를 하는 평범한 여자다.
이른 시집살이에
사랑의 세월을 잊은 듯 서러워
가끔 사랑의 이야기를 늘어놓기도 하는 여자……

세월도 옆길로 비켜 선 듯
봄이면 수줍은 설렘으로 노래하고
여름이면
땡볕에 부서져라 일하는 신세를 한탄하기도 하는 여자
가을이 오니
여자는 부쩍 쓸쓸함과 외로움의 고독을 이야기 한다.
흰 눈과 고목을 바라보며
찻잔의 향기를 마주할 때마다 눈물을 섞어 내기도 하는 여자다.

이른 아침의 향기를 만들고

웃음과 눈물을 섞어 한잔의 향기를……
인생의 향기를 만드는 여자

내가 아는 여자
그 여자는 오늘도 원두 한 잔의 향기를 내 놓으며
사연 많은 세월의 이야기를 시작한다.

리모델링

혼탁하고
어지럽혀진 마음
리모델링하는 중입니다.

마음 벽엔
피어나는 봄꽃으로
사방을 둘러 도배하고

공간 벽 한쪽엔
넓은 창을 만들어
푸름을 바라볼 수 있도록
만들고 있죠.

천장 등은요
화려함보다는
아늑한 빛이 나는 전구를
밝혀볼까 하는데, 근사할 듯하죠?

마무리로
바닥에 깔아놓을 융단은
부드럽고 포근한 감촉으로
깔아 보려 합니다.

정신없는 마음……
리모델링 중입니다.

방문하시려거든……
조금만 기다렸다가
예쁘게 리모델링된 후에
조금 천천히 오시길
바랍니다.

아직은
리모델링 중이니까요~

꽃샘추위

봄꽃이 예쁘게 피어나 화려해져가는 모습에

넋을 잃은 마음들이

겨울 꽃 차가운 아름다움을 모두 잊어버린 채로

돌아 설 까봐……

겨울 찬바람은 꽃을 피워내는 햇살을

시샘하나 봅니다.

봄꽃이 피어나려는 찰나의 햇살이 한 없이 따사로운 날

따스함이 다가오려는 길목 문 앞자락에

쌩쌩 찬바람이 버티어 서있습니다.

그래준다면

술에 취해
실수라도 한 것처럼
전화한번만 해주면 안 되는 거니?
바보처럼 매일 기다려……

사랑해……
귓가에 속삭이던 너의 목소리
매일 듣던 네 목소리 들리지가 않아

술에 취해
실수라도 한 것처럼
내 집 앞으로 단 한번쯤 와준다면 좋겠다.
바보처럼 매일 기다려……

말없이
미소 가득한 얼굴로 날 바라보던 넌 눈빛
보고 싶은 얼굴이어도 네 얼굴은 보이지 않아.

술에 취해
실수라도 한 것처럼 '보고 싶다……'
'너무나 보고 싶다' 말해준다면 그래준다면

술에 취해
실수라도 한 것처럼 '돌아온다.'
'나에게 돌아온다' 말해준다면 그래준다면

첨부터 지금까지 널 사랑해…… 사랑할거야~
이별을 말 하지 마 널 사랑해…… 사랑할거야~

술에 취해
실수라도 한 것처럼 '돌아온다.'
'나에게 돌아온다' 말해준다면 그래준다면……

그래준다면, 그래준다면…… 좋……겠……다~!!

지독한 사랑

가슴 한 복판에 뿌리 내린 사랑이었기에
심장을 날카롭게 파고드는 아픈 사랑이었다.

기름진 사랑의 흙 밭을 만들어
바람에 흔들려도 쉬 날아갈 수 없도록
잡아두고 싶은 그런 사랑이었다.

메말라 부서지지 않을 사랑을 위해
이슬 모아 뿌리를 적시고
햇살을 모아 정성으로 가꾸었었기에……

너무 깊이…… 깊이 박혀버린……
아픈 줄도 힘겨운 줄도 몰랐던 긴 시간은
지독한 흔적으로 남겨져 타들어 간다.

떠난 후에 남겨진
너무도 선명한 뿌리의 자국……
아픈 가슴 상처는 깊게 패인 수렁이 되어 남는다.

꽃가게

평온의 거리를 지나는 나를
이유 없이 유혹하는 유리 집……
피어오르는 향기가 아름답다.

커다란 유리벽 좁은 틈새를 넘어
이른 봄의 싱그러움이 번져오고

넘실대는 향기에 취해
커다란 유리벽이 막아선 곳 앞을 서성이다가
꽃들의 소리 없는 미소를 바라본다.

어디선가 날아 온
꽃의 향기와 미소에 넋을 잃은
흰 나비 한마리가 흥겨운 춤을 추고……

그 나비…… 나처럼……
흙 밭의 봄꽃이려나? 속았나 보다.

유리집안…… 꽃의 달콤한 유혹을 향해
화려한 유혹의 춤을 추며 다가선다.

나비는 어느 봄 자락에서
팔락이며 유리벽 앞을 찾아 왔으려나……

꽃가게 언저리 유리벽 앞
나와 함께 하는 나비 한 마리……

그리고…… 봄……

울어도 괜찮아

눈물 맛이 짭조름하다는 걸

알기 시작했을 때부터였던 것 같아

고통 속에서 피어나는 인생이 더 아름답다는 걸

느낌으로 알아가기 시작했던 때가……

지금 흐르는 눈물 때문에

삶이 더 아름다워질 거라는 걸 알아

눈에서 떨어 낸 이슬 같은 수분이

삶의 뿌리에 스며들어 더 예쁜 꽃을 피울 테니까……

꿈?

하늘이 펼쳐놓은 푸름 위로
가벼운 구름과 햇살 부드러운 봄의 바람이
살~랑 불어온다.

나른한 휴일 오후의 소리 없는 정적
바깥바람의 상큼함에 흔들리는 마음만~
가득하고……

오년 전부터 휴일 친구였던
제법 늙어버린 자전거와 외출에 나선다.
삐~이~꺽~! 허리 아프단다.
기름 치고……

공원 도로를 따라 산책하는 많은 사람들……
웃음 짓는 얼굴에 묻어나는 행복의 표정들……
곳곳에 가득하다.

부러운 눈을 뗄 수 없게 만들기만 하는데

나는 여전히 허전하다.

봄바람을 가르는 나의 자전거 주행 길에
우연히 라도 마주친다면 좋겠다.
운명의 바람처럼 다가와준다면 좋을 사람……
나의반쪽~!

……꿈?

•아파

내 눈 앞에
네 모습은 이젠 없는데……
자꾸만 보여

내 귀에 속삭이던
네 목소리는 이젠 들리지 않는데……
자꾸만 들려

시간 속에서
걸어 나와 다시 시간 속으로
돌아간 것뿐인데……

자꾸만 네 모습이
보이고 들리고…… 그래서……
그리워하다가……

아파…… 아파……

밤비

어둠의 숲에서 내리는 비……
밤거리의 네온 빛나는 별을 품어 내린다.

네온의 비가 내리던 지난 날
그대와 걷던 그 길 위에서 빛나던 빗물처럼

기억을 찾아 걷는 발걸음 속에선 터벅터벅……
외로움이 튀어 올라 발끝자락을 젖게 만들어 버린다.

색감 없는 투명한 우산으로
그대와 함께 행복한 빗물을 가리며 거닐었었다.

신발장 한 켠에
버리지도 못하고 숨겨놓은 투명 우산은
추억의 빗장이 되어 온 마음을 가둔다.

내리는 밤비가
아무도 모르게 가슴에 잡아두었던

그대와의 추억의 빗물을 다시금 흘러내리게
만든다.

잊었던 아픈 가슴만 되살아나고……
빗물은 어둠속의 통증으로 흘러내리고
밤잠을 깨우는 아픈 소리가 되어 가슴을 적신다.

소년의 첫사랑 2

창밖으로 춤추는
빗방울의 모습을 바라보던 소년이
제법 세차게 떨어지는 빗물에 손을 내밀었다.

두 손바닥으로
차가움과 포근함의 느낌을 받아내고 있었다.
빗물은 소년의 가슴에 아련함으로 타고 흘러 내렸고

열여섯 사춘기가 시작되던 부끄럼쟁이 나이에
같은 학교, 같은 반, 맑은 눈의 소녀를 두근거리는 가슴으로
수줍게 바라보고만 있던 소년은

말없는 소녀……
하얀 피부와 긴 머리카락,
맑은 냇물 소리처럼 맑은 소녀를 남몰래 마음으로
담아내고 있었다.

소년의 열여섯 해 2월 14일

이슬과 별빛이 머무는 새벽거리를 달려

수줍게 써내려간 고운 글과 예쁘게 포장된 초컬릿 선물을

소녀의 책상 서랍에 살며시 넣어두고 온 발렌타인데이

소년의 가슴에는

두근두근 심장의 소리가 멈추지 않았다.

처음으로 고백한 사랑의 표현이 왠지 낯설어 멋적기만 했었다.

붉어진 얼굴엔 열기가 가득 번져 오르고……

그리고는 아무 일도 없는 듯

일상의 아침처럼 설렘의 등교를 했다.

하루 종일 기다렸지만……

그날따라 모습이 보이지 않던 예쁜 소녀

소녀의 맑은 모습을 볼 수가 없었다.

책상 위 가득한 초컬릿 선물들은 온종일

주인 없는 허전한 기다림으로 쌓여 있었다.

궁금함과 걱정스러운
마음으로 소녀를 애타게 기다렸지만
수업이 끝나가는 시간까지 나타나지 않는다.

"얘들아 반장이 어제 서울로 전학 갔단다.
인사 못하고 가서 너희들에게 미안하다는 구나
내일 지각하지 말고, 봄방학 잘 보내고……
내일 보자~ 수업 끝~!"

열여섯 살 소년의 발렌타인 데이……
수줍은 첫 고백을 하던 날……
첫사랑 소녀가 사라진 그 날 오후
포근한 봄을 알리는 비가 내렸었다.

소년의 가슴에 그리움과 설렘을 품게 한……
안타까운 가슴만 태우게 하던 비가
밤이 꼴깍 새도록 멈춤도 없이 내려왔다.

……

봄이 오다

꽃비가 내려오듯
아름답게 흩날리는 사랑의 낭만을 꿈꾸고

시원한 빗줄기에
찜통더위를 잊어가는 가슴의 여유를 누리고

물드는 색감에
성숙해져가는 계절 마음의 깊이를 찾아내고

탐욕이 가득한
세상을 덮는 순백을 보며 스스로를 가다듬고

세월을…… 돌고 돌아 찾아 온
순환의 꽃비가 또다시 내려오는 꿈꾸는 계절

봄이 오다.

봄을 갖고 싶다

겨울이 머물러
시려오기만 하던 마음에 쌓은 눈……
꽃잎으로 살포시 쌓아 포근하고 싶다.

내 마음…… 봄을 갖고 싶다.

겨울이 머물러
꽁꽁 얼어버린 움직이지 않는 마음의 강……
봄의 햇살로 흐르게 하고 싶다.

내 마음…… 봄을 갖고 싶다.

겨울이 머물러
두텁게 여미던 마음에 입혀놓은 외투……
따스한 봄바람에 훌훌 벗어내고 싶다.

가지려하면 한 발짝 멀어지는 봄……

빗물 속에 숨어든 눈물 2

나 아직 널 잊지 못해서⋯⋯
습관처럼 걷던 이 거리를 찾아왔다.

멍한 눈 들어 바라 본 하늘엔
빗방울이 하나 둘, 떨어지기 시작한다.

감추었던 눈물은 빗물에 숨어들고
아픔으로 되살아난 추억의 흔적들

아무도 모르지⋯⋯ 내 기억의 아픔은
아무도 모르지⋯⋯ 내 사랑의 흔적은

지나간 기억 속에 숨어버린 그대를
남김없이 지우려고 했지만 또 다시⋯⋯

아픈 기억 가슴으로 흘러 내려온다.
나 아직 널 잊지 못했다.

인생음표

사분음표에 맞추어
또박또박 걸어갈 수 있는 삶의 발걸음이라면
흔들림이 없는 삶을 살아갈 수 있을 테지만

규칙적인 리듬을 간직한
시계소리가 멈춤 없이 지나쳐간다 해도
때로는 가쁜 숨을 몰아쉬는 십육분음표가 되기도 한다더라.

바쁜 발걸음이 지쳐갈 때에는
잠시 쉬어주는 이분음표의 여유가 필요하게 될지도 몰라.

지나간 시간, 후회와 미련에
되돌이표로 돌아가 본다 해도,
악보처럼 아름답게 되돌아 갈수 없는 건……
되돌아보는 미련과 집착은 불필요한 삶의 존재이기 때문이야.

삶의 강도를 좀 더 높여야 할 때는
점점 더 강해지는 크레센도……

꿈을 위한 열정의 강도가 필요할 때가 아닌가 한다.

가끔 치밀어 오르는 감정이 자라날 때는
디크레센도…… 조금씩, 조금씩 치미는 마음을
누그려 뜨려야 할 때가 있을지도 모르니까……

살아감의 무게를 저울질 할 때마다
마디를 부여하는 시간을 만들어야 하겠지
계획하는 삶을 살아야 하는 거라잖아.

이리저리 섞은 인생음표로 그려가는
리듬악보가 가끔 엇 박으로 흔들리거나
톡톡 끊어지는 스타카토이기도 하겠지……

항상 아름다운 노래로
만들어지는 게 아닌 건 맞는 것 같지만

인생을 밟아온 일절 이절의 삶에

마지막으로 장식하는 휘날레
나만의 독주를 멋지게 연주해보는 거야.

삶을 멈추지 않고 연습해왔던
나만의 열정이 숨었던 시작점으로 달세뇨
그동안 피나게 전력질주해온 인생
마지막으로 아름답게 장식해 보는 거지.

그때부터 내 삶은
화려한 독주를 시작하게 될 테니까
그리고 마지막 여운의 아름다운 되돌이표는
토코다……

그렇게 나는 시인이 되어버렸습니다

사랑과 이별의 시를 쓰기 시작하던 내 비밀은
일기 속에 떠올리던 그대에게 있습니다.

한때는 매일 한 사람의 전화번호를 누르고
설렘의 문자를 찍던 마음을 기억해 내고는
일기장에 그대로 옮겨 적던 습관들이
설렘의 시가 되어 있었습니다.

한 사람에게 마음을 담아 메우던 편지를
한 바닥씩 가득하게 써 내리던 마음이
진심이 베어나는 기쁨의 시가 되더랍니다.

아픔을 남겨주었던 한 사람에게
향하던 마음을 접지 못한 미련의 안타까움이
그리움의 시가 되어 버리더군요.

잊은 듯 했던 한 사람에게 하지 못했던 말들
보내지도 못하는 편지를 가득하게 써내고 지워내던 마음이 아픔의 시가 되어 있었죠.

그렇게 빼곡히 비밀처럼 써내려가던 마음은
한권의 책이 될 만큼 수많은 감성 시로 남겨져
모이고 쌓여 있었습니다.

기억의 흔적을 따라서
되짚어 보던 마음에 예방접종을 하듯
마음을 다스리던 이야기들을 모으고 모아서
난, 사랑의 시집을 한권씩 내기 시작했습니다.

그렇게 나는…… 그대라는 이름 때문에 나는……
지금, 진짜 사랑의 시인이 되어 버렸습니다.

봄을 포장한 선물

희뿌연 빌딩 숲 높은 하늘을
숨 막히게 메우던 먼지들도 차츰 사라져간다.

곱디고운 눈발 같은 꽃잎들이
희망을 품는 계절의 느낌으로 다가서고……

불편하기만 하던 삶의 터전이
단단히 머물러 녹아나지 않는 마음은 여전하지만

순환의 이치를 믿기에
어려움은 곧 희망의 꽃 날개를 달고
아름답게 날아오르리라 생각에 생각을 더한다.

몸서리치는 삶의 수업을 받고 있는 그대에게
가장 아름다운 선물을 하고 싶어 보내는 그림……

두 눈으로 담아 낸 꽃잎으로 쌓인 눈밭
화려한 봄을 내리는 흰 눈의 풍경을 선물하고 싶다.

그대 잠시만 하던 일 멈추고
커다란 그대의 창밖에 소리 없이 흩날리는
꽃잎의 아름다운 모습을 바라봐 주기를 바라는 기도

곱게 포장해 보내고 싶은 봄의 풍경화
눈으로 담아 마음으로 포장한 내 선물이라고……

희망을 곱게 담아 정성으로 포장한
그대에게 주고 싶은 봄을 기념하는 내 선물이라고……

내 마음이 보여요?

들키지 않으려 감춰 두었던 마음인데

눈물을 감추려 크게 웃고 있는 얼굴인데

그런데도……

내 마음이 보여요?

들키면 안 되는 마음인데

숨기고 싶었던 부끄러운 마음인데……

미인

성형수술 견적 일천만원이 웬 말?
새우 눈에 두 겹 쌍거풀 만들고
납작코에 실리콘 콧대 높게 세우고
작은 눈 키워 앞트임, 뒤트임
누가 뭐래도 그녀는 완벽한 미인!
자신감에 시작한 일은 남자 꼬드기기?
이 남자 저 남자 자신 있게 녹여낸다네
그녀가 받은 인생 자격증은?
남자 꼬드기기 일급 미인자격증이라네
할 줄 아는 게 그것밖에 없는 여자?
역겹고, 한심하고 에잇! 별루다, 별루야……
질투? 라 생각한다면 잘못된 생각이지
솔직하게 얼굴 예쁜 건 부럽지만
늙어서 피부 늘어질까 무섭다.
오로지 남자! 남자밖에 모르는 그녀……
그녀에게 수여 할 인생 자격증?? 없음!!
흘러내리기 시작하는 그녀의 주름이 무서워
보톡스 날짜 잡으러 간다는 그녀……

내면의 일급 자격을 함께 갖춘

진짜 미인이 되었으면 하는……

그래야 진짜 미인~!!!

알면서도 모르는 척 빠져드는 게 사랑이라고……

외로움이 깊숙한 사람에게 다가서는 사랑은
산불처럼 거침없이 번져버린단다.
그리움에 목마른 사람에게 다가서는 사랑은
폭포처럼 막힘없이 떨어져버린단다.

타들어 가는 외로움이 깊고 깊은 사람들아
산불처럼 거침없는 사랑이 남기는 흔적은 급속하게 불타올라
아무도 손댈 수 없는 뜨거움은 만들어가겠으나
다 타버린 후엔 허망한 재만 남는다하더라.

목마른 사랑에 그리움이 깊고 깊은 사람들아
막힘없이 떨어지는 폭포 같은 사랑의 흔적은
멀리서 바라보면 아름다운 장관이겠으나,
정작 떨어지며 부딪히는 아픔의 상처는 고통의 시작이라 하더라.

거침없이 다가온다 온 가슴을 내어주지도 말고
막힘없이 다가온다 온 마음을 흐르게 하지마라.

산불의 피폐한 흔적과 낙수의 고통스런 흔적은
깊게 패인 아픔의 흔적으로 남아 지우지도 못하고
오랜 시간 그대 가슴에 멍이 들게 할지도 모른단다.

알면서도 모르는 척~!
빠져드는 게 지독한 사랑이라고들 한다만……

계절 안부

꽃을 피워내던 가벼운 바람 속에
아직은 가시지 않은 차가운 바람이 머문다.

바람 따라 날리던 꽃잎들도
머물다간 자리를 말끔하게 비워내고 있다.

빈자리를 채우는
여린 연두 빛 색감이 가득한 거리가
눈앞에 펼쳐진 세상으로 다가앉았고

간간히 불어오는
화려함을 휘몰아오던 바람
그 바람 속에 이른 무더위가 찾아올 듯하다.

태양이 그려낸 배경을
뽐 나는 옷으로 갈아입는 계절처럼
늘 새롭게 열리는 세상사가 자연이 주는 알림이다.

푸른 청량감으로 가꾸어가는 하루가
그대의 눈앞에 펼쳐지길 바라는 마음으로
안부를 묻는다.

간단한 인사말이 힘이 될까마는 그래도
그대의 맑고 고운 빛깔의 하루를 맘껏 응원한다.

네가 그리워질 때마다 나는
한 뼘씩 자라나……

어쩔 수 없는 이별이었다 해도
지독한 통증은 감당할 길이 없어서
밤을 헤매다, 헤매다 별빛이 사라지곤 했다.

어쩔 수 없는 이별이었기에
홀로 움켜내야 하는 말 못하는 아픔을
내리는 빗줄기 바라보며 흘려보내야 했다.

숨쉬기 힘들었던 이별의 흔적을 찾아
불편함이 없던 익숙한 거리의 데이트 코스를
뚜벅이가 되어 찾아보아서는 안 되는 거였다.

이별 후 어느 날 나는 깨달았다.
멍청스레 쉬어내는 미련한 내 한숨은
나를 병들어가게 하는 열병이 되어간다는 걸……

그래서 나는……

네가 생각날 때마다 나는……
또 다른 나를 만들어 가기 위한 일들을 하나씩
찾아내기 시작했다.

그랬더니 신기하게도 널 떠올릴 때마다 나는
조금씩, 조금씩 괜찮은 사람이 되어가고 있었다.

그리고 보니 너를 떠올릴 때마다 나는 한 뼘씩 자라나
이별의 통증으로부터 벗어나고 있었다.

•어쩌다가
그리움 한 자락 담•아버린 가슴

흐릿한 구름이 가슴으로 내려앉은 날
어쩌다가 이놈의 묵직한 하늘이 두 눈에 들어와서는
울컥한 이슬을 만들어 놓는 건지

손 등으로 떨어지는 차가움이 한 방울
어쩌다 이놈의 하늘은 손 등으로 빗물을 떨어내고는
눈물의 시작을 만드는 울림을 만들어버리는 건지

어쩌다 이놈의 울컥한 하늘은
그리움 한 자락 담아버린 가슴을 만들어서는
보고픔을 만드는 눈물을 만들어버리는 건지

어쩌다가 그리움을 한 자락 담아버린 가슴……

몰래하는 사랑

비밀 같은 맘으로 너에게로 다가가

숨죽인 두 눈으로 네 모습 바라보다

돌아오는 길에는 또 다시 그리움의 융단을 깔아내고……

몰래하는 사랑 2

반쪽 가슴에
그대 한 사람을 담아내고

반쪽 가슴에
생을 살아야만 하는 이유를 담습니다.

온 마음에
품어버린 그대 모습은 내게

살아갈 수 없는
아픔의 이유가 될지도 모르기 때문입니다.

그러나 이미
온 마음으로 품어버린 그대……

몰래하는 사랑 3

말 못하고 담아 놓기만 하는 그 말

말하는 그 순간…… 그 순간부터

돌아서면 다시 볼 수 없는 그대일 까봐

가슴에 머물러 타들어가는 그 말

'사랑해' '사랑해' '사랑해'……

몰래하는 사랑 4

묻고 싶은 말도 하고 싶은 말도 많았지만

맴도는 말은 가슴깊이 숨어만 들고

널 만나면 무얼 할까 고민도 많았지만

너와 마주 앉으면 애꿎은 커피만 후르릅~!

통곡의 바다

웃음 지으며 돌아오겠다 말하던 네가
두려움의 눈물을 품고 바다로 사라져 갔다.

메이는 목청의 눈물이 넘쳐흘러
내 영혼의 분신을 빼앗고 입을 닫아버린
통곡의 바다로 흘러간다.

남김없이 주고 싶은 가슴이 많아
너로 인해 육신을 불태우던 삶이었건만······
말도 없이 사라져간 내 영혼의 분신아!

한마디만 해다오! 단, 한마디만 해다오······
여기 있다고······ 살아 있다고······ 숨 쉬고 있다고······

－세월호의 어린 영혼들을 위해－

아파 울고 있는 아무개야

아픈 맘이
사라지려면 시간이란 놈이
미친 듯 가버려야 한다는데
묘한 이놈은 아플 땐
더디만, 더디만 흘러가더라.
흔히들 말한다만,
시간이 가면 해결해준다고……
나도 아픈 마음 겪어 봤단다.
지독하다는 표현도
감당이 안 될 만큼 아파봤단다.
그런데 말이야… 정말 이더라.
더디게 지나가더라도
시간이란 놈이 데려가더라.
그 지독한 아픔 말이야
천천히 다가오더라도
시간이란 놈이 데려오더라.
삶의 또 다른 행복도 희망도……

두고 볼래?

내말이 맞는지 틀리는지……

꿈 깨면 그대로인 세상이라면

그대 떠나 가버린 세상이
간밤 꿈속 세상이라면 좋으련만

꿈 깨면 그대로인
어제의 맑은 세상이라면 좋으련만

꿈 깨면 사라져버릴
악몽을 꾸고 있다면 미치도록 좋으련만

자고나 눈을 떠도
어제의 슬픔 그대로 또다시 울고 있다.

아무것도 변하지 않았다.

눈감을 수 없는 충혈의 밤
어둠의 눈물이 깊은 밤

칠흑의 하늘에 별 하나 늘어갈 때마다

슬픈 별을 또 하나 품는다.

살아있어 곁에 잠들어야 할 네 모습만
사무치게 그리다가 못내 힘겨운 밤……
불면의 어둠을 사라진 너와 함께 밝힌다.

-세월호의 어린 영혼들을 위해-

마지막 연서

죽음이 두려웠습니다. 춥고 외로웠습니다.
제일 깊고 헤어날 수 없었던 슬픔은
침몰하는 어둠속에 갇혀버린 두려움보다
가진 꿈을 이룰 수 없는 아쉬움보다
당신께 사랑한다 말하지 못한 후회의 눈물입니다.
먼저 아름다운 곳으로 가렵니다.
걱정하는 당신이 나를 끝끝내 못 잊어 할까봐
못내 물위를 나서는 발걸음이 떨어지지 않아
뒤 돌아 보고 또 돌아봅니다.
사랑하는 당신이여 내 생의 몫을 더하고 대신해
오랜 동안 삶의 아름다움을 더 누려주시기 바랍니다.
통한의 눈물은 거두시길 간절히 원합니다.
나는 아름다운 나라 아름다운 아버지의 품에 안겨
영원한 행복을 누리렵니다.
당신의 사랑으로 누린 세월을
행복한 기억으로 담아 가져가는 나는 이제……
더 이상 아프지 않습니다. 두렵지 않습니다.

끝내 하지 못했던 그 말만은 남기고 가렵니다.

"당신을 사랑합니다."

살자! 살•아가자!

치열한 전쟁 같은 삶의 바다에 던져버린 몸……

이미 담구어 버린 몸은 충분히 적셔야 한다.

온 몸이 젖지 않고는 결코 헤엄쳐 갈수 없다.

헤엄치는 일이 수영선수와 같을 수는 없을지라도

죽지 않으려면 목적지까지는 가야하지 않겠는가?

일등으로 도착하지 않아도 좋다.

부딪히는 거센 파도를 이겨나갈 인내의 힘!

그 힘만 있다면 얼마든 멋지게 살아갈 수 있다.

이제부터 살자! 살아가자!

세월

흩날리는 꽃잎을 바라보다
떨어지는 눈물을 훔쳐낸다.

세월을 떨어내는
아쉬운 배를 채우는 나이는 더해가고

흔적도 없이 사라져간
매화향기 짙은 흰 눈꽃 바라보다…… 바라보다……

어느 사이
흔적 없이 가버린 젊음에 한숨은 늘어만 가고

깊어지고 찌그러든 주름 꽃은
펴지지 않는 세월을 담은 상흔으로 남겨지고

소리도 없는 눈물은 가슴을 타고 흐르고……
아쉬운 인생이 흐르고……

영혼을 위한 기도

흩날리던 마른 꽃잎들 모아 불꽃을 태우고
그대 맑은 영혼이 가는 길을 밝히옵니다.
잡았던 인연의 손을 놓은 것이 한으로 맺혀
떨어낼 수 없는 비운의 아픔으로 남으오나
가시는 길목에는 눈물로 이룬 바다가 되어 넘쳐
고통의 거센 파도를 이루오나.
아름다운 천국의 문 밝은 빛으로 그대를 인도하오니
그 빛 따라서 아픔 없는 나라
아름다움만 가득한 그 나라로 발걸음하시길……
애가 타는 간절함으로 바라옵니다.
부디… 남아 울고 있는 인연의 슬픔은
가슴에서 내려놓으소서.
언젠가 짧은 내 삶과의 인연이 끝나는 날에
그대가 있는 그곳으로 한달음에 달려가리니
아름다운 그곳에서 잠시만 기다려주신다면……
내 곧 그곳으로 달려가 그대와 마주하리다.

내 곧 그대와 함께 웃으리다.

•아무것도 •아니다

콘크리트 빌딩이 늘어선 회색 숲 사이, 사이
연 푸른 가녀린 잎들이 피로한 삶을 덜어주고 있다.

지난겨울 황량했던 가지 새로 불어오던 바람은
여린 이파리보다 힘없는 시린 바람일 뿐이었다.

힘겹던 겨우살이 같던 삶을 짊어졌던 무게도
눈으로 바라보는 여린 색감 속에 사라져버린다.

어딘가에서 불어오던 차디 찬 삶의 거친 바람도
마른가지 위로 솟아오르는 어린잎과 같았던
내 약한 삶을 결코 꺾어내지 못하는 바람이었을 뿐……

그 바람은

아무것도 아니다. 아무것도 아니다.

당신께 드리는 고백서

젊음대신 주름이 가득하신……
지독한 관절염으로 힘겨워하시는 내 어머니
당신이 내게 시시 때때로 하시던 말씀
'착하게 자라주어 고맙구나.
큰 아픔 없이 건강하게 자라주어 정말 고맙구나.'

아들 둘, 딸 둘 사남매
힘겹게 낳아 고이고이 길러내신 내 어머니
당신이 내게 습관처럼 하시던 말씀
'사이좋게 자라주어 고맙구나.
서로 미워하는 마음 없이
욕심 없이 자라주어 정말 고맙구나.'

거짓 없이 남김없이
당신의 육체를 삶으로 내어 주셨던 내 어머니
당신이 내게 삶의 경험으로 하셨던 말씀……
'거짓 없이 살아주어 고맙구나……
작은 진심을 나눌 수 있는 사람으로 살아주어

정말 고맙구나.'

평생 쉼 없는 바지런함뿐
풍요한 삶의 여유를 누리지도 못하신 내 어머니
당신이 내게 안타까움으로 하셨던 말씀
'넘치게 해주지 못해 미안하구나.
그러나 부족함이 있기에 풍요함을 바라보는
삶의 목표가 생기는 거란다'
.
.

당신하신 말씀 멋들어지게 하신 말씀도 아니었고,
당신하신 말씀 배움 많은 명언의 말씀도 아니었고,
당신하신 말씀 감동을 전하는 어느 강연가의 말처럼
능숙한 말솜씨로 하신 말씀도 아니었지만,
세월을 익혀가며 이젠 어미의 삶을 살아가고 있는 내겐
커다란 힘이 되어주는 가장 아름다운 이야기가 되어
감동의 가르침으로 남았습니다.

하루, 하루 당신이 고맙고 눈물겹습니다.
하루, 하루 당신이 가슴에 맺혀버립니다.
하루, 하루 당신을 닮아가는 삶이되기를
바람으로 갖습니다.

사랑합니다. 온 마음이 당신을 향한 사랑입니다.

사랑하는 내 어머님께 드리는 고백서……

존재

너에게 조금 부족한 것은
무한의 공간 속 먼지 같은 존재인 사람이 만들어낸
물질일 뿐이지만

네가 넘치도록 가진 것은
먼지처럼 작은 존재인 사람이 담을 수 있는
가장 넓고 아름다운 마음이다.

무한의 공간을 담아내는 보이지 않는 마음에
아름다운 생각과 나눔의 사랑을 담아내는 일……

그것은
먼지같이 미약한 존재인 사람이 할 수 있는
가장 황홀하고 품위 있는 일이다.

그러므로
부족한 사람에게 나눔의 사랑을 줄 수 있는 넌
황홀하리만치 아름다운 사람이라는 존재이다.

눈물 흘리고 싶은 날

낡고 고장 난 우산이 하나 있었습니다.
버리지도 못하고 잘 감추어 두었었는데
어느 날 아무리 찾아도 보이지 않더랍니다.

대청소하시던 어머니께서 버리신 모양입니다.
추억이 가득한 사랑의 사연 하나를 잃어버렸습니다.
안타깝게 사라져간 소중한 내 사랑의 흔적~!
못내 슬퍼져…… 안타까운 눈물을 흘리고 싶은

그런 날 이었습니다.

눈물 흘리고 싶은 날 2

만남의 약속이 있어
조용한 카페에 앉았습니다.
넓은 창밖으로 빗줄기가 쏟아지더군요.

꾸물거리는 거리
울컥한 세상의 색감과 빗물
따듯한 수증기가 되어 번지는 모카의 향기

때마침 들려오던 노랫말은
이별의 슬픔을 노래하는 어느 가수가 들려주는
눈물 나는 이야기였죠.

그냥 아무런 이유도 없이
눈물 흘리고 싶은 그런 날 이었습니다.

눈물 흘리고 싶은 날 3

그 사람을 지독하게 사랑하지만
바라보아야만 하는 나는 바보인가 봅니다.

그 사람의 모습이 그리워
매일처럼 그의 사진을 바라보고 있지만
내 안에 용기란 없나봅니다.

그 사람 앞에만 서면
벙어리가 되어버리는 나는
언제나 그 한마디 말을 입 안에 맴돌리다
멈추어 버립니다.

가슴으로
수도 없이 외치고 있는 그 말 '널 사랑해'
고백하고 싶지만 차마 나오지 않는 그 말
한마디……

용기 없는 내 모습에

바보 같은 눈물을 흘리고 싶은

그런 날 이었습니다.

눈물 흘리고 싶은 날 4

친구처럼 편했던 그녀는 언제나
내 이야기를 빼놓지 않고 모두 들어주곤 했었죠.
그녀가 아닌 다른 여자를 사랑한다고 생각했지만……
나 하나밖에 모르던 그녀를 떠나보낸 후에
텅 비어가는 시간을 보내고서야 알게 되었습니다.
내 가슴을 가득하게 채워왔던 건 친구처럼 편안했던 그녀였음을……
그녀의 마음이 떠나간 어느 날 들려오던 이별 노래
슬픈 그림자 가득한 노랫말이 저리는 가슴에 맺히던 그 날……

하염없이 눈물 흘리고 싶은 그런 날이었습니다.

눈물 흘리고 싶은 날 5

시도 때도 없이 멍해진 가슴은
흐려진 하늘 아래서는 더욱 심해지곤 했습니다.

봄볕과 맑은 하늘이 연이어지던 아름다운 날들이었지만
오늘은 비가 내릴 듯 하늘이 어두워져갑니다.

아련한 기억의 가슴이 또다시 멍해져옵니다.
그녀를 너무 사랑했나 봅니다.
눈앞을 가로막는 그녀의 웃음이 사라지지 않는군요.

그저 막연하게 보고 싶은 그녀 때문에
눈시울이 붉어집니다.
비가 내려 빗소리가 커지면
울고 있는 내 목소리는 들리지 않을지도 모릅니다.

빗소리에 묻어가는 소리로
마음 껏 눈물 흘리고 싶은 그런 날입니다.

향기를 기억하다

열린 창틈 사이로
가벼운 바람과 함께하는 향기……
지난 기억의 향기가 불어온다.

묻어나는 땀방울이
또 다른 계절을 준비하는
태양의 온도를 느끼게 하는 날

열린 창틈 사이로
달콤한 향기가 불어온다.
계절을 넘나들며 잊은 줄만 알았던

그 향기…… 그 바람……

코끝을 유혹하는 아카시아 바람
기억 저편에서 되살아난 달콤한 향기

돌아온 기억의 향기에 취한다.

이별 후에 2

걱정하지 않으려 해도 종일 걱정스럽고
신경 쓰지 말아야지 하면서도 종일 신경이 쓰이고
마음에서 내려놓으려 하다가도 다시 마음에 담아버리고……

잊어야지 하면서도 어느새 다시 떠올려버리고
다가서면 아파질것 같아 멀리하려면 할수록
더 가까이 다가와 버리는 그리움의 그림자를 키워간다.

비웠다, 비웠다 하면서도
비워내는 일이 자꾸만 힘겨워지고
이유 없이, 아무런 이유 없이, 아니 수많은 이유로……
마냥 걱정스럽기만 한 미련의 잡념을 떨쳐내기 어렵다.

보이지 않아 걱정스럽고 들리지 않아 그리운……
그대가 살아가는 시간에 무슨 일이 있는 건지
마냥 궁금하기만 한 심각한 가슴앓이가 지나가는
시간 위에 서성이는 사랑의 고통을 겪는다.

이별 후에……

좋은 생각

좋은 생각은 맑은 눈을 만들어 주고
맑은 눈으로 바라본 세상은 맑게 다가오는 삶을 만들어 주고
맑게 다가온 삶은 다시 행복한 삶속의 나를 만들어 준답니다.

좋은 생각은 웃는 얼굴을 만들어 주고
웃는 얼굴로 대하는 세상은 웃음 가득한 즐거운 삶을 만들어 주고
웃음으로 다가온 삶은 다시 즐거운 삶속의 나를 만들어 준답니다.

좋은 생각은 성형이 없이도
아름다운 얼굴을 만들어 준답니다.
좋은 생각은 가진 것 없어도 풍족한 행복을 만들어 준답니다.

좋은 생각은 잠겨있는 내일을 활기차게 열어가는
안성맞춤 열쇠가 되어 주기도 한답니다.
좋은 생각은 가진 것 없는 순수의 마음으로
행복해지는 삶을 누리는 가장 넉넉하고 쉬운 방법입니다.

새벽 녘 별이 숨어버렸다

하늘에선 맑은 바람이 불어오지만
새벽 녘 별은 어디론가 숨어버렸다.
코 흘리게 어린 시절 바라보던 하늘에는
별들이 가득하게 늘어서 있었다.
초저녁 어둠이 다가오기 시작하면
어김없이 불 밝히던 하늘등불이던 별……
욕심 가득한 사람이 쉬어내는 탁한 숨과
욕심 가득한 사람이 만들어낸 도시의 숲에서
맑고 상쾌한 평온의 숨결을 주던 나무는
탁한 숨과 도심의 난도질에 죽어갔고……
하늘의 등불을 바라보던 고결한 눈과
빛으로 사랑을 나누어 주던
고운 별무리와의 사이를 갈라놓았다.
살아있는 별의 빛을 오감으로 느끼지만
촉감 속에 살아 숨 쉬는 별빛은 어디론가

숨어버렸다.

새벽 녘 별이 숨어버렸다. 보이지 않는다.

웃음의 미학

희망의 기쁨을 피워내는 꽃은 향기의 꽃이며

타오르는 열정을 피우는 꽃은 태양의 꽃이다.

풍요를 담아내는 꽃은 곡식을 잉태한 꽃이며

인내를 알게 하는 꽃은 차가운 바람의 꽃이다.

계절에 피어난 꽃은 피고 지는 순환의 꽃으로

잠시 곁에 머물다 사라지기를 반복한다하나.

사람의 일평생 지지 않게 피워낼 수 있는 가장

행복한 꽃은 사람이 피워내는 웃음의 꽃이다.

여름, 길 위에 멈추어 서서

따끔 따끔한 태양의 빛에
익어가는 얼굴빛은 구리 빛으로 물들어
얄궂은 태양의 심술에 타들어 간다.

서둘러 다가온 이른 여름
메마른 땀이 흐르는 계절은 지쳐만 가고
커져만 가는 태양의 힘을 피하지 못한다.

숨쉬기 힘든 폭염에 쌓인 가슴을
짓눌러 버리는 농익은 여름이 오기도 전에
타오르는 태양을 성급히 원망한다.

타오르는 태양과 식어가는 태양의 하루
양면의 모습으로 현혹하는 계절의 열기는
지루한 시간의 흐름에 인내를 알게 한다.

사랑아 가지마라

단 한사람 그대만
지독하게 나를 그리워 해준다면 좋겠다.
그대를 그리워하는 마음에
하염없이 내리는 빗줄기를 품어 정갈하게 씻어내고
그 가슴엔 그대 하나로 온통 채우고 싶다.

단 한사람 그대만
상처로 얼룩진 길을 걷고 있는 나와 함께 걸어준다면 좋겠다.
그대가 걷는 길마저 휘청거리듯 힘겨운 길일지라도
휘청거리는 그대 두 다리에 든든한 힘이 되어주고 싶다.

단 한사람 그대만
고단한 내 삶의 말벗이 되어준다면 좋겠다.
검정무늬와 흰 바탕이 섞인 우울한 회색빛 외로움이 가득한 날엔
그대와 나누는 이야기로 가득 채워 즐겁고 행복한
가슴으로 살고 싶다.

단 한사람 그대만

지독하게 나를 사랑해준다면 좋겠다.
거칠게 몰아치는 세상의 파도 속에 머물러
아무것도 줄 수없는 그대라 해도 그대 사랑으로 나는 버티어 간다.

단 한사람 그대
단 한사람 그대만을 사랑하는 나라는 걸 알고 있다면……
아니 모른다할지라도
그대 마음아…… 가지 말고 내 곁에 머물러라~!

사랑아! 내 곁에 머물러라~ 가지마라~!

유월의 어느 날

습한 바람이 몰고 온 비구름은
건조함이 지속되던 날들에 반가운 비를 뿌려대고

시원한 수증기를 품은 바람은
찡그린 이른 더위의 눈빛을 시원스런 빛으로 만든다.

몇 차례 넘겨낸 달력의 낙장은
따라갈 수 없는 시간의 흐름을 알려주고 있다.

'세월이란 놈 참 빠르기만 하지'

무게감 있는 비구름은
금방이라도 쏟아질듯 한 빗물을 품고 있고

차분한 분위기에서 피어오르는 향기는
지나간 기억을 더듬게 하는 향기로 스며온다.

오후 두시가 되어가는

유월의 초침이 멈추어 설줄 모르고 있다.

같은 하늘 아래 어딘가에서
삶의 바쁜 시간위에 서있을 모습 하나를 떠올린다.

서둘러 계절의 옷을 바꾸어 입고 있는 유월의 어느 날
문득문득 떠오르는 얼굴 하나가 보고 싶다.

바쁜 척이라도 해야 하는 삶의 시간을
외면하기 힘든 나날이 연속으로 흐르고 있지만

연일 떠오르는 얼굴 하나가 그립고 보고 싶은……
유월의 어느 날이다.

몸살

피곤함이 지배하던 몸과 마음에
급기야 심한 근육의 경직과 감기를 동반한
통증이 찾아와 버린다.

꼼짝도 하기 싫어하는 몸은
그 동안 단련시켜온 나의 정신세계들을
잠시 잠깐 멈추어 놓는다.

얼굴에 묻어난 먼지를 씻어내고
뜨겁게 데워진 물에 담근 두 발과 두 손
온기로 피로를 보내보려 하지만 쉽지 않다.

쉬어가고 싶은 마음은 간절하나
극기 훈련처럼 다져왔던 인내의 시간들이
무너질까 두려워 다시 움직인다.

넘쳐나던 힘이 사라진 다리는
휘청거리는 나약한 다리가 되어 흔들리고

일어서는 순간 압도하는 어지러움……

핑 도는 아찔함……

세상의 모든 삶이 정확히 멈추어준다면
그깟 하루 스물네 시간쯤 쉬어도 좋으련만
멈추어진 세상이란 환상 속에 존재한다하기에

정체된 시간이 아쉬워 다시 움직인다.
근육을 잡아먹는 통증 따위에 멈출 수는 없다.
바쁜 삶이 만들어 놓은 표증 같은 놈 때문에

욱신~ 욱신~ 쑤신다. 몸살을 앓는다.

나를 만들어 가는 시간

이 시간……
어제와는 다른 이 시간

불어오는 산들 바람이
어제와 다르고

조금 더 밝아진 하늘이
어제와 다르고

들려오는 새 소리가
어제와 다르고

종일 비추어 주던 햇살이
어제와 다르다.

어제와 같은 시간인 듯
어제와 다른 이 시간

먼 훗날의 이 시간이
지금과도 같은 이 시간일지……

분명한 건 변화되어 있는
이 시간일 게다.

조금씩, 조금씩 변해가는
이 시간이라면……

당당하고 행복한 나로, 너로
존재하게 될 이 시간이라면

정말 좋겠다.

나를 만들어 가는 시간과
이 자리의 나 그리고 너……

자유

그대 안에는
감추어진 건강한 날개가 있다는 걸 아시는가!

그 날개를 펼쳐
그대가 날아올라야 하는 공간은 높고 푸르른 창공

그러나 창공은
끝없이 상상의 우주가 품은 공간의 일부일 뿐이라네.

우주를 담아내는 그 보다 더 넓은 공간은
두 손을 얹으면 감싸 안아지는
그대 작은 가슴 안에 있다는 걸 아시는가!

눈감은 마음으로 건강한 그대의 날개를 펼쳐 푸르른 창공으로
힘껏 날아올라 보시게나.

사람은 창공의 자유를 향해
새처럼 날아올라 날개 짓 하지는 못한다네.

단지,

마음이 그려내는 상상 속 새가되어
바람을 가르는 자유로운 날개 짓을 해낼 뿐……

그대가 그리워하는 자유

두 손을 얹으면 감싸 안아지는
작지만 가장 넓은 공간을 담아낼 수 있는
그대 마음속에 있다는 걸 아시게나.

한 잔

한 잔 술에 마음을 달래고
또, 한 잔 술에 그대를 그리워하고

한 잔 술이 넘어갈 때마다
그대 이름을 부르고 싶고 달려가고 싶다.

잠에 취하려 한 잔
잊어보려 한 잔 잊지 못해 한 잔
한 잔을 더하는 이유도 가지가지

취기를 더해가는 한 잔
바보가 되어가는 한 잔
그대를 더해가는 한 잔
미련한 그리움에 한 잔

이러지도 저러지도
갈피를 잡지 못하는 마음이 취하는 한 잔에
밤 고개는 더디게 넘어간다.

어지럽게 취하는 한 잔, 놓을 수 없는 한 잔
독약이 되어가는 한 잔~

뾰루지

거울 앞에서 느끼는 작은 통증
잠들기 전까지도 없었던 뾰루지 하나가
밤을 지세는 잠깐의 시간에 자라나 불쾌한 통증을 느끼게 한다.

억지로 손가락에 힘을 주어
압력을 가했더니 참을 수 없는 통증이 다가오고
얼굴은 일그러질 대로 일그러져 버린다.

그냥 두면 하루 이틀 새 곪아
자연스레 터져버리고 아물어질 뾰루지였지만
성급한 마음에 통증을 더한다.

뾰루지에게 한 수 인생을 배운다.

가끔씩 다가오는
힘겨운 삶의 통증들 역시도 자연스레 사라지는
시간 속에 묻혀가는 고통이라는 사실을……

말끔하게 아물어진 자리에는

건강한 새 살이 돋아나고 새 살이 돋아 날 즈음에

사라진 통증에 감사하는 미소를 지을 수 있다는 사실을 말이다.

성급히 고통을 보내버릴 수는 없으나

시간위에 존재하는 모든 고통은 언젠가는

자연스레 사라지기 마련이라는 사실을 말이다……

오늘을 살아 온 그대들에게

피곤함이 겹겹이 쌓여도 불평은 하지 말아요.

온 몸으로 아파오는 통증을 품은 몸의 반란은
온 힘을 다해 마주하는 삶이 준 자랑스러운 훈장이고
세상을 거침없는 모습으로 살아 온 용기의 표상입니다.

치열한 생존과 전쟁을 치르던 도중 마주하는
지독한 바이러스를 품은 독감처럼 깊숙하게 밀려오는 피곤함.

그것은……

치열한 삶과 열심히 대면해왔던 그대와 내가
여전히 생명의 숨을 쉬어내며 살아가고 있음을
각인시켜주는 존재감으로 자리하기도 합니다.

그러니

피곤함이 겹겹이 쌓여도 불평은 하지 말아요.

참•이슬

고독한 밤
부를 이도 불러주는 이도 없는
어둡고 낯선 시간

반쯤 붉은 빛!
은은함을 조금만 밝혀두고

위를 자극하는
매운 국물 한 냄비 끓여내어

따끈함이 식어가도록
어둠이 밝아지는 시간까지

인생을 묻는 내 심장과 함께하는 친구는
그대 하나밖에 없구려.

참이슬인지 이슬인지
이름도 참 멋지게 지어냈소.

깊어가는 고독의 밤
부를 이도 불러주는 이도 없는
적막의 시간

고독을 함께하는 친구 하나
그대구려 참이슬~

그대로 하여
고독의 밤을 채운다오.

지독스런 불면의 밤
나를 잠재우는 자장가를 불러주는 이름……

참이슬……

중년

먼지 하나 걸터앉지 않은
깨끗하게 정돈된 순수의 마음으로……
싱그러운 숲속에서 불어오는
청정바람과 함께 하는 보드란 바람의 움직임으로……
맑고 투명하게 흐르는 시냇물 속에
가득하게 빛나는 조약돌을 바라보는 고운 눈으로……
나, 그렇게 살고 싶었고, 살아가고 싶었다.

언제부터였는지
순수의 마음에는 먼지만 가득히 날아들었고
보드랍기를 바라던 바람은 거칠게 불어왔다.
빛나는 조약돌을 바라보던 두 눈에는
거칠고 센 물살에 깎여 모나고 까끌까끌해진
거친 돌멩이들의 모양새만 가득하게 보였다.

존재하는 모든 삶속에는
양면의 모습이 번갈아 대기하고 있음을
나는 알고 있다.

탄력이 사라져가는 중년……
부드러움이 거칠게 불어오는 나이라 하더라만
둥글어진 마음이 모질어지는 나이라 하더라만
맑음이 변해 탁해지는 내면이 두 눈을 가리는
중년을 맞이한다.

아직은 많은 날들을 스스로에게
접대해야하는 나이에 서있음을 느끼고 있는 하루하루……
육체하나 가지고 있던 처음 모습으로 되돌아가
아름답게 살아가는 삶으로 채워보길 욕심내어 본다만

살아가야 할 나의 시간은 궁금증 투성이

'?……'

당신은 날 만나길 정말 잘했습니다

깨끗하고 맑은 진실만을 오직 당신에게만 주는 나를……
당신은 나를 만나길 정말 잘했습니다.

피어나기 시작하는 작은 꽃들이 알리는 계절이 시작되면
제일 먼저 나는…… 따스한 바람에 나른함을 담게 될 당신 마음에
시원한 바닷바람이 되어 당신을 어루만집니다.

오락가락 빗줄기를 퍼붓는
하늘의 감성이 시작되는 날이면 어김없이
당신 가슴이 아려올까 걱정하는 내 가슴은 이미
당신이 그리워져 거친 파도처럼 휘 몰아치는 그리움을 담습니다.

마른 이파리들이 떨어져 내린 거리위로
건조한 찬바람이 불어오기 시작할 때면 나는
당신 시린 가슴을 따스함으로 안아줄 준비를 하고 있다는 건
아시려나요.

흰 눈이 포근하게 내리는 듯해도

바람이 스칠 때마다 차가움으로 몸서리치게 만드는
인정머리 없는 하늘에서 내려온 아름다움을 바라볼 때면
지독한 열감기라도 앓지 않을까 걱정부터 하는
한 겨울 모닥불 같은 따스한 마음을 주고 있는 나를
당신은 정말 만나길 잘했습니다.

내 모든 사랑을 당신이 느끼고 있다면
당신이 내가 주는 모든 숨결과 손길을 느끼고 있다면
당신은 정말 나를 만나길 잘했습니다.

정녕 아무것도 당신이 모른다 하신다면……
나는 당신을 만나지 말았어야 합니다.
깨끗하고 맑은 영혼의 진심을 모두 당신에게 주었으므로
당신으로 인해 빈 껍질만 남은 몸에 눈물로 만든
아픔만을 담아야 합니다.

정말 당신이 아무것도 모른다 하신다면

물거품처럼 나는 형체 없이 사라져갈지도 모릅니다.
단단히 굳어가는 심장의 아픔을 고통으로 느껴야 할지도 모릅니다.
당신을 부를 수 있는 목소리를 잃어버릴지도 모르겠습니다.

물거품처럼 소리 없이 사라져가는 나의 존재를
아무도 몰라준다 해도
당신을 사랑할밖에 없는 나를 당신은 만나길 정말 잘했습니다.

외로움이란 이런 것

갑자기 발이 저리고
갑자기 손이 저리고

손끝으로 서너 번 바른 침을
코끝에 바르면 저리는 증상이 없어진다는
말이 떠올라 행동으로 옮겨 봤다.

계속 저려온다. 손길이 필요함을 느낀다.
가볍게 피의 흐름을 도와 절임증상을 없애 줄
작은 손길⋯⋯

그 손길은
시원케 흘러가는 혈관을 만들어 줄 터인데
저려오는 고통도 감싸줄 터인데

사방을 둘러보아도
아무것도 아닌듯한 작은 손길마저도 없다.

어둠속에서 들려오는 초침 소리와

그저 야밤을 지나는 도로 위 차량소리만

요란스레 어둠을 타고 귓전으로 들려올 뿐……

새벽 두시 반

달빛, 별빛, 세상의 빛
모든 빛을 밝히는 일은 어둠부터 시작된다지?

눈앞에 밝혀진 전등의 빛을 꺼버리는 순간
사방 벽에 쌓인 어둠은 눈으로는 아무것도 볼 수 없게
만들지도 모른다.

그렇다 해도
스쳐 지나온 시간들로 만들어왔던 나만의 이야기들은
너무도 선명하고 밝게 떠오른다.

웃기도, 울기도, 좋기도, 나쁘기도
행복하기도, 가끔 불행하다 여기기도 했었던
시간이 함께 한 삶의 이야기들……

어둠속에서 바라 본 지난 이야기들 생각에
나도 모르게 작고 짧은 웃음이 터져버린다.

밝음과 어둠이 교차하며 수없이 다가 올 새로운 시간들엔
어떤 흥미로운 이야기들로 채워져 가게 될지는 모르겠지만

지나온 나의 소중한 이야기들은
어둠속에서 스스럼없는 미소를 짓게 만든다.

새벽 두시 반……
다가올 내일의 아름다운 이야기를 기대하며
잠이 드는 나의 시간.

존재의 이유

눈을 떠 바라보는 일로 시작해
눈을 감고 잠이 드는 일로 끝나는 것이
언제나 일상이고 삶인 사람들이 모여 사는 곳

세상~!

아주 먼발치에서 바라보면
이름을 알 수없는 작은 벌레들이 군집처럼 모여
무엇이건 해야만 하는 미동의 움직임으로
알지 못하는 의미와 가치에 대한
깨달음의 분주한 동태를 취하는 듯 보일 것이다.

무엇을 보기위해 눈을 뜨고
무엇을 소중하게 간직하며 감는 눈으로
잠에 들고 있는 것인지……

티끌보다 작을지도 모르는
시간의 분주함이 켜켜이 쌓인 어느 날엔가는

작은 벌레처럼 살아가는 움직임의 이유를
알게 되리라는 생각이다.

세상 한 귀퉁이에서 분주하게 살아가고 있는
내 존재의 이유를……

잠시 멈춘 시간에

달빛을 흉내 내고 있는 가로등 빛
가로등이 분사하는 빛의 꼭대기로 모여든
작은 하루살이들이 이리저리 날아다니는 모습이

한여름 시골들판을 날아다니는
반딧불이 꽁무니에서 뿜어내는 촘촘한 빛의 모임처럼
흡사 작은 규모의 별무리처럼 보이기도 한다.

가로등이 비추어 주는 귀가길 입구에 마련된
크고 작은 빌딩 숲 사이 초록 정원에 멈추어 숨을 고른다.

멈춰선 자리에서 올려다본 하늘에는
별빛보다 먼저 눈을 사로잡는 빛들이 머문다.
작은 생명들의 무리였다.

눈빛은 밤하늘로 이동한다.
조금 더 넓은 시야로 바라 본 곳에는
휘둥그레 커져가는 눈동자를 만드는 아름다운 달빛이

덩그러니 서있다.

무거운 고개를 바닥으로 떨어뜨리며
나도 모르게 새어나오는 소리를 입으로 담아낸다.

익숙한 어둠속에서
수없이 반복하며 걸어왔던 거리를 지나면서도
미쳐 느껴보지 못했던 아름다움……

언제나
내 주위에 머물고 있었음을 새삼스레 깨닫는다.
순식간 입과 코를 통해 빠져나오는 빠른 숨을 쉬어낸다.

훗~!

'아직은 끝날 세상은 아니네.
달도 별도 심지어 손톱 끝만큼 작은 벌레들도
아름다움으로 눈에 담기는 걸 보니……'

슬픈 현실

감정조차 없는 마른 대면이 늘어간다.

이기적인 마음이 만들어낸 삶의 법칙……

득과 실의 법칙이 약속도 없이 정해졌다.

촉촉하게 스미던 감동의 눈물은 마르고

대화의 얼굴엔 사라져가는 맑은 미소……

세상이 사람이 변해간다.

세월을 쌓아가는 가슴은 건조하고 탁해져간다.

점…… 점……

낡은 기억을 찾아내다

매캐한 먼지 내음과
오래 묵은 책의 종이 내음이 가득한 창고 안
차곡차곡 정리된 종이상자 안쪽에서
작은 시집 한 권을 꺼내든다.

낡은 책의 바래진 색감위로
잊혀져간 여인의 감성이 가득하게 녹아든
책장을 펼쳐본다.

눈에 보일까 말까한 작은 책벌레들이
오랜 기간 갉아왔어도 여전히 여인이 써내려간 감성은
그대로 머물러 있었다.

가물거리던 기억이 문득 살아 움직인다.

자전하는 별에서 보낸 하루하루가
삼천 육백 오십 번쯤 지나온 나날동안을
매캐한 창고 누른색 종이상자 안에 갇혀있던 조그만 시집……

한 장을 넘기고 또······ 한 장을 넘긴다.
이내 주홍빛 미등이 밝혀진 창고에 주저앉아
감성의 막장을 넘기고 만다.

가득한 상념의 가슴이 숨 가쁘게 뛰던 어느 옛날
조그만 시집을 사들고 집으로 들어오며 설레던
오래된 기억이 문득 살아 움직인다.

07. 26 새벽. 무작정

휘몰아치던 비바람은 거세었고
어둠속의 네온은 피곤한 잠을 깨웠다.
새벽을 달리던 질주는
태어나 첫 발걸음 하는 알 수 없는 목적지
낯선 네온의 거리에 멈추어 섰다.
거칠게 비가 쏟아져 내렸다.
머리끝부터 발끝까지 온 몸을 휘감는다.
피곤이 다스리던 쓰라린 위장을 해소해줄 듯한
동태 탕의 향기가 주변을 메우는
시끌벅적한 소리와 함께 퍼져 오른다.
비바람이 거칠게 불어오던 새벽녘
평정의 바람으로 마음에 담겨오는 내음……
끓어오르는 수증기에서는
알맞게 익어가는 해산물들의 구수함이
퍼져오고 있었다.
붙잡고 싶었던 어둠의 시간은 멈추지 않았고……
삶의 하늘은 또다시 밝아오고 있었다.

잊지 못할 새벽 시간을 담다.

무기력

마음에 뿌리 깊게 심은 나무 한 그루
혈류가 흐르는 곳곳에 깊고 단단하게 내려
심장이 살아있는 한 베어버리지도 못하는
나무 한 그루
움직임 없는 버팀목이 되어
언제나 나약한 나를 지켜 주리라 믿고 있었다.
유혹의 곁가지를 잘라내고
슬픔의 눈물에 짓물러진 잎을 떼어내고
벌레 먹은 아픔으로 구멍 난 마른 잎을 솎아가며
커다랗게 자라난 든든한 나무에
탐스런 열매를 맺은 모습을 보고 싶었다.
정성어린 사랑으로 가꾸어가는 나무였기에
위태로운 순간 간혹 진심이 지쳐간다.
그럴 때마다 깊은 뿌리는 심장을 더욱 옥죄인다.
얼기설기 꼬아 내린 뿌리가 나를 아프게 만든다.

아무것도 하기 싫은 무기력이 찾아든다.

희고 깨끗한 백지위에
선명한 흑색점 하나를 찍어놓고 바라본다

여지없이 시작되는 하루와 함께
실천의 몫이 주어지는 버거운 눈을 떴다.
습한 더위와 함께 맞는 장마철 아침은
그리 상쾌함으로 주어지지는 않았다. 몸이 무겁다.
가장 귀하게 주어진 선물이라는 '시간'을
알 수없는 위대한 존재로 부터 부여받았지만
아무런 계획 없이 흘려보내고 싶은 하루다.
꿈. 단기적 목표. 오랜 후의 나의 모습……
가끔, 정해놓았던 방향 점의 선명함을 잊어버린
멍한 뇌 속에는 휴식의 간절함만으로 가득 차오른다.
누군가 나에게 흑색의 선명한 점처럼 명확하게
손끝으로 정확한 목적지를 지명해준다면 좋겠다.
오로지 그 끝만 바라보고 갈 수 있도록 말이다.

희고 깨끗한 백지위에
선명한 흑색점 하나를 찍어놓고 바라본다.

부정확한 종착지를 위한 삶을

수도 없이 반복하며 살아가고 있는 사람 바로 나……
내 삶의 방향점이
확고부동한 흰 바탕위의 흑색 점처럼 선명했으면
좋겠다.

잡념이 가득한 어느 날 오후 1시 38분에……

다시

내 안에 꿈은 살아 숨 쉬고 있고
주어진 삶의 시계와 함께 시간은 멈춤도 없이
빠르게만 흐르고 있다.
부지런하고 든든한 시간을 차분히 먹고
막힘없는 편안한 시간들을 배설해야 한다.
꿈을 이루기 위한 열정을 털어 넣고
탈 없는 건강한 움직임으로
시간을 소화시켜 가는 내가 되어야 함이 정답임을 느낀다.
아직은 건강한 젊음과 열정이 머물고 있기에
정신없이 발걸음질 하는 다급한 현실의 삶도
아픔과 행복을 오가는 사랑의 물음표 같은 감성도
꼭 이루어내고 싶은 설렘으로 품었던 멋진 꿈도……
두려워하거나 서둘러 밀어낼 필요는 없겠다.

다시, 꿈틀대는 내 안에 밝음을 꺼내어 본다.
맑게 개어가는 하늘……
재색 구름 뒤에 숨어있던 투명한 햇살이 쏟아진다.
잠시 우두커니 서있는 나를 밝게 비추고 있다.

생각여행

기찻길과 간이역
낡고 오래되어 볼품없는 허름한 곳이었지만
정겨운 흑백의 냄새를 풍기고 있었다.

태양이 데워놓은 뜨거운 선로 위 열기가
아지랑이를 닮은 모양새로 눈에 아른거려
주변 풍경은 이글거리는 투명커튼 속에
갇혀진 듯 보였다.
어디선가 모여든 사람들이
하나 둘 자리 잡은 간이역 주변 허름한 벤치에는
골똘한 생각을 담은 눈빛들이 앉아
원하는 목적지로 데려다 주게 될 열차가 도착하기만을
조급함으로 기다리고 있었다.
굉음에 가까운 경적소리를 내며 도착한 열차와 함께
낯선 이들의 각기 다른 여행은 비로써 시작된다.

조촐한 배낭하나 둘러메고 콧노래 부르며 떠나는
나와 두 친구와의 기차여행도 함께 시작되었다.

1995년쯤 무더웠던 어느 여름날의 한 때
희미한 오래전 기억 속으로 떠나는 생각여행~

기다림

조용하고 차분한 공간 문을 열고나서면
시끌벅적한 삶의 다양한 소리들이 들려오기 시작한다.

어둠이 주던 애틋한 감성에
애가 타던 기다림의 흔적들은 삶의 소음에 묻혀
잠시 동안 사라져 간다.

사랑하는 이로부터 들려오는
포근하고 안정된 목소리를 기다리고
아침을 함께하는 정감 있는 미소와의 만남을 기다린다.

기다림은 타들어가는 흑색 가슴임을
시리고 아픈 이별을 겪으며 알게 되었고
들려오지 않는 목소리를 환청으로 들으며 알게 되었던 듯하다.

조용하고 차분한 아침의 공간 문을 나서며
타들어가는 흑색 가슴을 삶의 소음에 묻어내고
잠시 잊어가는 움직임을 만든다.

타들어가는 흑색 가슴······ 기다림······

비의 난타

아스팔트 바닥으로 세차게 떨어져 내리는 비

튕겨져 오르며 잘게 부서지는 빗방울의 파편

함께 떠오르는 얼굴 하나가 그대라서 그립다.

지독한 보고픔으로 물드는 깊은 마음바닥으로

그리움의 문을 두들기는 비의 난타가 시작된다.

눈으로 붉어져 뜨겁게 흘러내려야 할 눈물을

가슴으로 삼켜버리는 먹먹한 그리움의 식사!

더불어 더욱 세차게 가슴을 두드리는 비의 난타

비와 그리움으로 채한 듯 가슴이 아려온다.

그대가 보고 싶다. 그대가 보고 싶다. 그대가⋯⋯

보고 싶다!

가을을 만나다

눈 뜨자마자 이른 가을 느낌에
흠뻑 홀려버린 아침

유혹하는 하늘의 손짓에 이끌려
눈길을 떼지 못하고 멀어버렸다.

자연은 가끔 이유 없이
바라보는 것만으로도 행복한
설렘의 가슴을 열어주고

하루를 기쁨으로 맞이하기에
충분한 선물을 내게로 건넨다.

푸름으로 포장된 가을하늘이……

깊다.

오후를 묻어 보낸다

열기가 사라진 팔월의 오후 한때……

바람이 지나는 길을
이리저리 부딪히는 요란한 소리를 내는 나뭇잎이
들려주고 보여주고 있다.
시원한 바람이 불어오기 시작한다.
머물기를 바라는 따가운 햇살의 오기 사이사이로
여지없이 바뀌어가는 계절은
예고 없는 조용한 발걸음으로 성큼 다가선다.
들려오고 느껴지는 자연의 소리와 감촉……
나뭇잎에 부딪히는 바람의 소리를 담고
시원함이 묻어오는 바람이 지나는 감촉을 담아
그대에게 계절의 안부를 보낸다.
이른 가을과 마주앉아 귀담아 듣고 느끼고 있는
나의 계절을 담아 그대에게 보낸다.

시원한 바람이 불어오는 오후를 묻어 보낸다.

가을이 묻는 안부

쾌청한 하늘이 주는
여유를 마주한 아침을 바라보는 기분으로
좋은 하루를 만들어 가고

좋은 하루를 수시로 쌓아가는 마음으로
어김없이 다가온 선선한 계절의 깊이를
마중하는 날들……

밝은 마음으로
안부를 묻고 전하는 소중함마저
깊어지는 하늘의 넉넉한 푸름만큼씩
차오름을 느끼는 시작의 시간

가을 하늘이 묻는 계절의 안부에
반가움을 더한다.

어미의 바다

새벽 동틀 녘 햇귀를 담은 바다는
비린내를 풍기는 바람으로 깊은 어미의 잠을 깨운다.

몽구리 아이 한번 바라보고
까칠한 손길로 쓰다듬는 온정 한 번 내어주고는
고기잡이 그물질에 나서는 어미

짠 바람에 거친 근심을 담아낸 얼굴
그물질 하던 까친 손은 어미의 고단한 삶을 말한다.

파도치는 바다의 삶은 휘몰아친다.
멈출 수없는 어미의 바다는 고요를 흉내 내지 못한다.

붙박이별이 떠오르는 하늘을 마주하고야
파고와 이별하는 어미의 주저앉을 듯 힘겨운 걸음걸이

햇귀 물드는 내일 새벽 녘 몽구리 아이는
물 가르는 배를 타고 육지 위 배움터 새내기로 간단다.

비와 그리움

투 둑

툭…… 툭……

투두두둑

비

무채색 아련함이 투두둑

감성이 흘러내린 빗물을 모아 담고

마음을 색감으로 풀어 넣어

그리움의 붓 끝자락에 스며든 물감을

보이는 세상에 입혀본다.

붓 자락이 지난 자리 자리마다

가득하게 그려진 그림은

그대…… 그대…… 그대……

하루쯤은

하물며 어제내린 비와
오늘 내리는 비는 느낌마저 다르다.
차분하고 조용한 노래의 애틋한 감성을 불러내던
어제의 부드러운 감성 비……
넘쳐나는 힘으로 떨어져 내리며 마음의 단잠을
깨우고 있는 오늘의 세찬 비……
흠뻑 젖은 세상을 맞이하는 하루를
다시 한 번 열어가고는 있지만
아쉽게도 그윽한 한잔의 향기를 마주하며
하늘의 감성과 어울려 놀아줄 시간이 없다.
매일 다른 감성과 이성의 시간들을 보내고 있지만
오늘만큼은 내 안으로 흘러 들어오는
잡다한 관념들을 묶어두고
마음의 빗장을 걸어버리는 24시를 마주하고 싶다.

하루쯤은……

위로가 될지는 모르겠지만

항상 웃고 있기에
항상 즐겁게만 사는 듯 보이는 너였기에
많은 사람들이 네 곁에 머물고 있었기에
넌 그저 행복한 사람이구나 하며
내심 부럽기도 했고, 때론 네 부러운 삶에
질투가 나기도 했던 나였다.

말하지 않으니 아무것도 모를밖에
너에게 그런 아픔이 있었는지……
부끄럽다. 미안하기도 하고……
잠깐 잊었었던 것 같아.
마음의 짐이라는 걸 나만 홀로
무겁게 지고 메고 가는 줄로만 알았었거든
잠깐의 심각한 착각에 빠졌던 듯하다.
생을 마주하는 사람들 모두가
그들만의 아픔의 이유를 간직하고 있을 거라는 생각을
잠시 버려두고 살았었나 보다.
항상 내 아픔이

내 마음의 힘겨움이 먼저였던 나.
나는 아픔과 힘겨움을 잊어가기 위해
지독히 열심히만 살아가는데
너에겐 물 흐르듯 주어지는 순한 삶이라
생각하고 부러워만 했던 것 같다.

네게도 커다란 아픔이 있었다는 걸
말해줘서 고맙다. 무심해서 미안하다.
그리고 언제나 변함없이 사랑한다.

위로가 될지는 모르겠지만
너보다 더 큰 아픔의 무게를 견디며 삶을
마주하는 사람들이 많다는 것.
모두의 가슴이 그러할지도 모른다는 것.
나 또한 너와 같다는 것.
알고 있니?
그러한 이유로 사람들은 함께여야 하는가 보다.

정말 위로가 될지는 모르겠지만

그 아픔 함께이고 싶다. 함께 힘내자꾸나.

눈물은 오늘까지여야만 한~다.

아니, 다시 울고 싶을 땐 언제라도…… 다시 오렴.

무대가 끝이 난 후

무대 위에 펼쳐진 화려함
부러움이나 시샘의 마음이기 보다는
또 다른 뜨거운 가슴을 담아내기에 바쁘다.
무대 위에 펼쳐진 재능의 화려한 완성
긴 시간 쌓아온 열정의 깊은 농도를 관람한다.
'열정'과 '노력'이라는 보이지 않는 느낌을
두 눈으로 바라볼 수 있도록 만든 예술혼의 결정체들……
거칠고 아픈 사연들로 누적시켜 온
거짓 없는 시간의 사연들이 담겨있음도
자연스레 보이고 들려온다.
짧은 시간 주어진 무대 위 화려함을 장식한
영혼의 숨은 흐르는 땀으로 젖어 내리는
혼의 무대로 타오른다.
넋 나간 시선으로 바라본 무대가 끝이 난 후
찾아드는 여운과 함께 감동과 열정이 스며들어
흥분되던 가슴을 타이르기에 정신없다.

심장에 돋아나는 소름과 혈류를 타는 전율이

가시지 않는다.

……!

주어진 인생의 무대
남의 성공과 아름다움에 부러운 시선만을
빠뜨리며 살아가기에 바쁜 건 아닌지……
혼의 땀으로 삶의 무대 바닥을 적셔본 적이 없다면
아무것도 알 수 없을 것이다.
아름다움의 결정체들 뒤에 숨어있는
뼈를 깎는 열정과 노력들을……

가을 이란다

햇곡식을 익혀가는 따가운 가을 햇살에
한 여름 그늘을 드리우던 커다란 나무위로
무성하게 자라나던 초록 잎들은 촉촉함을 증발시키고
바짝 마른 쓸쓸한 잎으로 떨어져간다.

온기를 잃은 쓸쓸함과 차가운 고독이 차지하는
마음 구석구석 허전함으로 가득 차오르는 계절
잡념이 많아지는 사람이라는 존재이기에
사색의 거리를 홀로 나서기도 하는…… 계절

사방에 아무도 없는 듯 혼자만의 생각이
스스로를 지배하는 그렇한 눈물이 흐르는 날엔
내면의 감성을 흔들어 놓는 차가운 바람이
불어오기 시작한다.

바짝 마르고 비틀어져
잎을 갉아 생명을 유지하는 작은 벌레마저도
거들떠보지 않는 마른 잎들은

부스럭거리는 가슴을 만들어 버리고는
짙은 감성바람을 타는 낙엽으로 사라져간다.

따듯한 위로가 필요한 가슴들은
홀로 고독의 길 위에 서있음을 외로워하면서도
공허의 가슴을 감추고 또 감춘다.

저마다 홀로선 객체인양 살아가지만
위로의 따듯한 가슴을 내어주는 존재들이
아직은 곁에 함께 머물고 있음을 느낀다.

따듯하게 내어줄 가슴이 존재한다는 건
위로 받고 싶은 차가운 가슴을 간직한 날에
내게도 따스함을 건네줄 존재가 있다는 것!

함께 라는 울타리 안에서 어울려가며
자신의 존재감을 찾아낼밖에 없는 너와 나라는
존재로 머물고 있는 까닭에……

서로의 가슴이 되어
따스함으로 나누는 위로가 절실한 계절

가을 이란다.

행복이란

한 지붕아래 함께 숨쉬는
소중한 내 사람이 있고
순수한 아이의 맑은 웃음을 바라보며
흐르는 미소를 감출 수 없을 때가 수시이며
정성으로 만든 음식을 나누어 먹으며
즐거운 담소를 마주하고
잠깨면 주어진 일에 서둘러 나설 곳이 있고
어려운 이들에게 작은 마음을 전할 수 있는
넉넉하고 따뜻한 가슴을 가지고 있으며
마음이 어지럽거나 힘겨울 때 한달음 달려가
"네가 있어 너무 좋다"라고 말할 수 있는
친구가 있을 때에……
행복이라 말하지 않을까 싶다.
진정한 행복의 경계가 어디까지인지
정확한 선을 그어낼 수는 없겠으나
작은 일상 자체의 살아감이 행복이 아닐까 하는
욕심 부리고 싶지 않은 지극히 주관적인
생각으로 말하는……

나만의 행복 정의~

바다로 가는 그대여
(인생의 바다를 항해하는 그대에게)

센바람에 높아만 가는 파랑의 유혹에 이끌려
뱃머리를 돌리는 주인의 시선이 향하는 곳은
머나먼 바다의 끝 수평선……

쥔장 없는 거친 바다의 주인이고자 떠나는 여정
출항의 시작을 알리는 순조로운 뱃고동 소리가
요란스럽다.

마파람 샛바람 하늬, 높새바람
사방의 바람을 가득하게 모아담은 돛은
물길을 가르기에 충분한 힘을 얻는다.

거칠게 흐르는 물살…… 굴곡진 그대의 물길에
타오르는 태양의 열기를 가리 우는 낮은 구름이 머물러
시원한 그늘이 함께하기를

날카로운 파고를 세우는 폭풍의 바람은
산으로부터 불어오는 산들바람으로 잦아들어

익어가는 살결에 시원함으로 불어주기를……

먼 바다로 가는 물길을 여는 그대여
잘 다녀오소.

돌아오는 반가운 뱃고동 요란스레
한 번 더 울리며 돌아오소.

바다의 쥔장이 되어 환하게만 돌아오소.

그대를 행복하게 하는 사람

지금 이 시간
따스한 가슴으로 함께 머물고 있는 사람이
그대를 행복하게 하는 사람일거예요.

과거의 어느 날
사랑했던 흔적은 기억속의 쓰린 아픔으로
이미 아물어버린 상처일 뿐이겠고

미래의 어느 날
다가올지도 모르는 사랑은 꿈속 이야기처럼
다시 다가오지 않을지도 모릅니다.

지금 곁에서
그대를 포근함으로 바라보는 눈이 있다면
당신은 진정으로 행복한 사람입니다.

지켜내세요. 그 사람

다른 사람 바라보다가
장 아름답게 빛나는 보석 같은 그 사람을
잃어버릴 수도 있습니다.

떠난 후 소중함을 돌이켜본들
남는 가슴은 후회와 미련의 그늘만 가득히
스며들지도 모릅니다.

지금 함께하고 있는 그 사람이
그대를 행복하게 하는 그대가 아껴야하는
보석 같은 사람이 분명하답니다.

시와 사랑에 빠진 마음의 사계

햇살 가득한 날 흩날리는 눈 닮은 꽃잎에
설레는 감성의 유혹을 이겨내지 못한 가슴은
그리움의 꽃을 피워내고

흘러내리는 슬픔을 담고 있는
하늘의 무거운 빛깔과 떨어지는 눈물을 담아
서러운 가슴이 되어 울기도 하며

조금씩 차가워지는 싸늘한 달빛아래
무너지는 가슴앓이로 불어오는 몹쓸 바람이
마음을 휘감아 버리기도 하고

세상의 소리를 모두 가두어버린
포근하게 내려오는 차가운 아름다움에도
뜨거운 감성의 숨을 쉬어낸다.

계절을 모두고 담은 마음이
팽팽하게 조여 오는 가슴으로 머무르는 건

그대 때문이더라. 그대 때문이더라.

다……

내 마음의 노래가 된 그대 때문이더라.

생명의 어머니시여

삶과 죽음의 사연들을 묻어둔 침묵의 대양
수만 가지 고된 사연들을 알면서도 시치미 떼는 바다는
평온을 가장한 잔잔한 숨을 쉬어내고 있다.

생명을 잉태하고 출산하는 태고의 어미
거칠게 생명을 키워내는 모질고 서러운 어미
허욕의 못된 가슴이 도사리는 약아빠진 생명을 꾸짖어
썩어 가는 인간성에 폭풍의 눈물로 무서운 매질을 하는 어미.

바른 세상의 이치와 도리를 알고자
모진 품속을 찾는 선한자의 눈은 슬프다.
매질하는 어미의 분노를 누르려
외로운 길을 떠나는 여린 가슴은 한없이……
한없이 두렵기만 하다.

생명의 위대한 어머니시여…
부디 나약하고 여린 자의 속마음을 헤아리시어
생명의 물이 마르는 일이 없게 하여주시고
당신 포근한 품의 온기로 감싸 안아 지켜주오.

새벽 두시

달빛 별빛 세상의 빛
모든 빛을 밝히는 일은 어둠에서 시작된다.
밝아오는 새로운 아침의 빛마저도……
자정을 넘어선 깊은 새벽
눈앞에 밝혀진 빛의 스위치를 꺼버리는 순간
사방 벽에 쌓인 어둠은 아무것도 볼 수 없는
암흑의 세상으로 만들어 버릴 것이다.
감지 못하는 눈으로 뒤척거리는 불면의 세상에는
스쳐온 시간들 속에 만들어왔던 이야기들
미소와 눈물이 수시로 교차하던 이야기들
행복하기도 가끔 불행하다 여기기도 했었던
시간을 차곡하게 묻어온 이야기들로 가득하다.
푸념 같은 짧은 비웃음이 난다. 풋~!
밝음과 어둠이 번갈아가며 다가 올 새로운 시간들엔
어떤 이야기들이 가득하게 담길 런지……
지나온 이야기들에 다가설 이야기들을
더하고 곱하는 어둠속의 사색이 진지하다.

새벽 두시······
다가올 내일의 아름다운 이야기를 기대하며
잠이 드는 시간

골똘한 생각이 어둠을 더듬거리다 달아난 잠
다시 전등의 스위치를 켠다.

똑~!

그대는 꽃•이다

꽃의 뿌리는
거칠고 단단한 흙무지를 뚫어야만
뻗어나갈 수 있고
꽃의 줄기는
하늘이 흘리는 눈물을 마셔야만
곧게 자라난다.

꽃의 향기는
센바람이 불어올수록 먼 곳까지
퍼져나가며

꽃의 얼굴은
야속한 태양을 온종일 바라보아야만
아름답게 빛이 난다.

걸림돌처럼
열리지 않을 듯 단단한 문이
그대 앞을 막아선다 하더라도

거칠게 불어오는
현실의 모질고 힘겨운 바람이
그대 곁을 스친다 하더라도

칼날 같은 폭풍으로
몰아쳐오는 아픔과 상처 속에
그대가 갇힌 듯 하고

따가운 땡볕에
찌푸려지는 불만의 태양이
그대를 끝없이 비춘다 하더라도

그대의 생명이
아름답게 빛나기 위함일 거라고……

그대는
아름다운 꽃이다.

규리를 위한 시

사랑스런 눈빛으로
나를 바라보던 그대의 미소를
기억합니다.

사랑한다고 말하던
그대 고운 입술이 떠올라
수줍게 붉어지며 잠 못 이루던 밤이
생각납니다.

매일 바라보던
하늘의 표정은 온통 그대 모습처럼
아름답게만 보였습니다.

가득한 햇살이 비추던 날엔
그대 내게 웃어주던 환한 미소가
하늘의 빛이 되었고

뭉개 오르던

흰 구름이 가득하던 날엔
그대 때문에 설레는 가슴이 하늘 향해
둥실 피어나곤 했었습니다.

눈물같은 비가
와락 쏟아져 내리던 날엔
그대 가슴에 행여나 눈물이 고일까 아플까
내 가슴이 먼저 아파오곤 했습니다.

사랑했다는
사랑하고 있다는
언제까지나 사랑할거라는 말 이예요.

그대가 이별을 말해도
절대 그대를 보내지 못하는 지독한
내 가슴이라는 말이기도 합니다.

갈기갈기 찢어진 가슴이 말합니다.

맘껏 흐르지도 않아 고인 눈물로 짓물러가는
멍든 가슴이 말합니다.

가지 말아요!

저⋯⋯ 이 남자와 결혼합니다

"너 내꺼 하자!" 라고
첨 본 순간 주저 없이 말하던 남자.
순간 철렁 내려앉던 가슴을 아직도 잊을 수가 없습니다.

"너 어디서도 나 같은 사람 못 만난다.
내가 네 운명이다!" 라고 박력 있게 말하던 남자.
무턱대고 마음을 잡아당기는 힘이 있었죠.
조용한 끌림이었습니다.

"너 왜 이리 조그마니?
주머니에 넣고 다니며 나만 봤으면 좋겠다."
라고 말하던 남자.
언제까지나 나를 지켜줄 거라는 믿음으로 다가왔습니다.

"너 너무 마른 거 아니야?
밥 잘 먹어야 한다." 라고 말하던 남자.
어떤 어려움이 다가와도 작은 행복을 안겨줄
따듯함을 가진 사람임을 느꼈었죠.

"세상 최고로 만들어 주지는 못하지만
네 마음 아프게 하지는 않을게" 라고 말하는 남자.
푸근한 가슴을 가진 착한 사람이라는 생각에……

"결혼하자! 우리" 라고 말하며
꽃다발과 청혼 반지를 건네던 이 남자를
기쁜 눈물이 맺힌 눈시울을 뒤돌아서 닦아내며
내 아름다운 사람으로 받아 들였습니다.

이런 멋진 남자가 내 사랑하는 남자입니다.

그래서요
20××년 ×월 ×일 토요일에요
저 이 남자와 결혼합니다.

별 바라기

닿을 수 없는
먼 곳에서 빛나는 별의 무리
별 하나로 향하는 시선이
아련하다.

개똥벌레 꽁지 빛 닮은
별들이 노니는 암흑 하늘가에

유난히

더

선명하게 보이는
동북의 맑은 별 하나

그 별에 홀려
온 마음을 빼앗긴 별 바라기로
밤이 새도록 한 자리에 붙박이로
멈춰 선다.

잡념

소파 끝에 찰싹 붙은 머리
아무것도 들려오지 않는 귓바퀴
감았다 떴다 반복하는 눈
멀뚱히 뜬 눈으로
시끄럽게 떠들어대는 세상을
바라보고는 있지만
열린 오감으로 바라보고 듣고 느끼는
가득한 하나의 그림자는 너……
움직임 없는
고조된 느림뱅이가 된 순간에도
재빠르게 움직이는 건
널 떠올리는 생각의 뇌 하나 뿐이다.
언제나 넌 나를
게으른 멍텅구리로 만들어버려……

잡다한 관념들

……

? 제목 없음

발이 시려온다.
단풍도 물들지 않은 가을,
찬 기운이 이르다.
밝음이 넘쳐 선명한 세상을 품고 있는 달무리
요란하던 귀뚤이 소리도 들려오지 않는다.
밤늦은 시각 자태를 드러내는
요염한 가로등빛 아래
공원 벤치를 가득 채우던 인적들마저도
보이지 않는다.
성급하게 싸늘해져 가는 가을바람에
옷깃을 잡아당기며 섣부른 겨울을 떠올린다.
포근한 침구에 몸을 감싸면
깊은 잠에 빠져버릴 것만 같은 차가움……

가을이 깊어 가고 있다.

? 제목 없음 2

'한치 앞을 볼 수 없는 사람' 이라고들 말하지만
먼 미래를 바라볼 수도 있는 존재가
사람이기도 합니다.
주어진 지금을 어떻게 사용하는가에 따라
맑은 하늘처럼 밝은 미래를 바라볼 수도,
잿빛 하늘처럼 어두운 미래를 바라볼 수도 있을 겁니다.
최선으로 준비하는 지금이 되어야겠습니다.
역시나 열정의 온힘을 내려면 든든한 힘이 우선이겠죠?
든든함으로 나를 채우고 주어진 일들은 즐겁게 마중합니다.

주름하나 없이 곱게 다려진 매끈한 하늘이 펼쳐진
멋진 가을 하늘을 마중하는 아침……

오래된다는 것

오래된 운동화를 신고 걸을 때
가장 편안한 걸음걸이로 걷게 되는 이유는
운동화에 길들여진 발이 익숙함을 느끼기에 그렇답니다.

오랜 시간 함께 했던 사람과 대화를 나눌 때
가장 편안함으로 마음을 나누게 되는 이유는
서로의 말투나 행동에 길들여져 거리감 없이
마음을 나눌 수 있기에 그렇답니다.

오래되어 간다는 건
낡아지고 바래져 사라져가는 것이 아니라
언제고 열어볼 수 있는 마음속에서 꺼내보는
편안함이라는 느낌이 아닐 런지요.

즐겨 찾던 커피 향이
익숙하게 번져오는 편안한 향기인 것처럼……

스타를 사랑하는 방법

아름다운 꽃으로 태어난 당신이
많은 사람들에게 사랑받는 일은 어쩌면
당연한 일인지도 모릅니다.

그렇기에
꽃으로 피어난 당신을 사랑하는 이들을
시기하거나 질투하지 않으려 합니다.

장미꽃을 사랑하는 사람들이
가시에 찔리는 아픔을 간직하더라도 그 꽃을
사랑하는 이유를 알고 있습니다.

그 꽃을 사랑하는
많은 사람들 중에 하나가 나라는 사실을
너무도 분명하게 알고 있습니다.

당신이라는 이름의 꽃이
어여쁘다 탐하고 소유하려 하는 사람들이

많다는 것도 알고 있습니다.

가슴앓이에 아파해야만 하고
아물지 못하는 짓무른 상처가 남는다 해도

나는요.

당신이 더욱 화사한 꽃으로 피어나도록
목마른 꽃의 물이 되고 따사로운 햇살이 되고
부드럽게 불어주는 보이지 않는 바람이 되어
그렇게 사랑하려 합니다.

추억을 펼쳐보다

아름다움을 배경으로 즐거운 인연들과 함께
세상 제일의 행복한 표정을 만들어 보이며
훗날 기억의 조각으로 남겨지게 될 사진을 찍고
예쁘게 나오기를 기대하며 현상을 위해
사진관을 찾았던 기억이 남아 있다.

작은 기다림은 설렘의 시간이었다.
사진이 나오던 날, 기다리던 사진 몇 장을 들러 보고는
예상 밖의 못난 모습들과 재미난 표정에
웃음이 가득하던 기억이 새삼스럽다.

말로만 빠르게 지나가는 줄만 알았던 시간
되짚어보니 사 진속 기억의 한때는 오래전
기억나지 않는 날짜와 요일의 순간들로 가득 머물러 있다.

낙엽

싸늘하게 이는 바람 끝에 마음 실어 떠돌고

가랑비에 젖은 버거운 몸으로 슬피 울다가

마른 부스러기가 되어 사라져가는 고목의 살갗

낙엽 한 장…… 발등 위로 툭~!

떠나가는 가을……

거리를 나서지 않으면

거리를 나서지 않으면 바람을 느낄 수 없고

햇살을 바라보지 않으면 밝음을 알 수 없다.

움직임 없는 자가 세상에서 얻을 수 있는 건

아무것도 없다.

? 제목 없음 3

세상에서 가장
멋지게 웃을 수 있는 사람은 당신이고
세상에서 가장
멋지게 해낼 수 있는 사람도 당신이고
세상에서 가장
행복할 수 있는 사람 역시 당신입니다.

설마…… 아니라 구요?

믿는 마음과 믿지 않는 마음의 차이입니다.
당장 눈앞에 바라보이지는 않겠지만
바라보게 됩니다.
세상에서 가장 행복한 당신의 모습을
바라보게 됩니다.

가장 행복한 나의 모습을 믿고 또 믿어보세요.
절실하게 믿다보면 행복한 당신을 만들기 위해
더욱 열심히 다가서게 되어있는 것이 삶이랍니다.

가을 여행

뜬금없는 설렘이 시작된 가을 오후
햇살은 사라지고 없었지만
낯선 여행지를 향하는 발걸음은 가볍다.

바다를 품은 도심의 하늘은
별빛 가득한 밤하늘이 되어 나를 반겨주었고

밤바다를 둘러 거닐던 산책길 가로등은
파도의 소리를 담아 온화함으로 밝혀주었다.

네온의 별보다 빛나던 또 다른 거리
가득하게 넘쳐흐르는 젊음을 마시는 사람들……
낭만을 부딪치는 잔……

차가운 공간을 아름답게 물들이던
노래를 좋아하는 사람들의 정겨운 무대가
밤바람의 싸늘함을 잊게 만든다.

아름다운 밤이 지나가고
요란한 파도소리와 소란스런 바다 새가
아침을 깨운다.

네온의 밤별들
바다와 섬의 아름다움은
바쁨 속의 여유를 담은 마음을 만들어 주었다.

얼마간의 시간이 지난 후에 꺼내어 보게 될
기억 한 조각을 담아 온 갑작스런 가을 여행

함께한 정겨움이 있어
즐거웠던 기쁨의 시간들은 빠르게만 지나갔다.

매연의 바다를 품은 도심은
또다시 바쁨을 걷는 내 곁을 스쳐지나갈 것이다.

신부에게

수줍게 붉어진 입술로
사랑의 시작…… 설렘을 이야기하던 너

서로 다른 사랑의 표현에
가끔 마음에 담았던 눈물로 눈시울을
적시던 너

꽃눈 날리던 날
아름답게 이어주던 인연의 끈을 잡고
부러운 연인의 이야기를 들려주던 너

순백의 가을 신부가 되어
화려한 계절보다 더 환하게 웃고 있는

아름다운 너

든든한 그님과 동행하는 길
영원한 행복이 함께하길 바라는 마음……

너의 얼굴이 안개비 사이사이 가득하다

네가
안개비를 맞으며
그리움을 자장가처럼 부르던 날

나는
네가 있는 그 자리를 상상하고
가슴을 쓸어내리며 널 그리움이라 불렀다.

가로등 빛을 타고
가벼이 피어오르는 밤안개에게 난
널 그리는 마음을 실어 살며시 띄워 보낸다.
.
.
.

어둠의 안개비가
자욱하던 그 날처럼 밤안개가 피어오른다.
덤으로 피어나는 그리움의 안개로 가득한 밤……

너의 얼굴이 안개비 사이사이 가득하다.

첫 눈

첫 겨울이 내리고 있습니다.

차가운 바람 먼저 보내시어
시리고 빈 공허의 마음에 슬픔먼저 주시더니

지나치게 아름다워 눈이 부신
희고 차가운 꽃으로 내려주시는 당신은 누구 십니까

엇 그제는 황량한 거리를 구르는
부스러지는 잎의 서러운 노래를 듣게 하시더니
맑은 아름다움으로 오늘은 다가오셔서는

찬바람 휭 하게 불어오는 가슴 복판에
차분하게 내려주시는 이유를 물어도 될 런지요.

시린 겨울 포근한 축복으로 내리시는 겝니까?
시린 겨울 그리운 가슴을 헤집어 놓는 심술로
내리시는 겝니까

.

.

지나치게 아름다워 눈이 부신

희고 차가운 꽃으로 내려주시는 당신은 누구 십니까?

나는 그대 가슴에 숨어있는 첫 눈을 닮은 사랑입니다.

겨울 이야기

따듯한 입김이 안개처럼 뿜어져 나와
목적지 없는 바람의 길을 따라 사라져 가기를
반복하고

움츠린 어깨를 감싸 안은 목도리 속으로
발그레 얼어가는 얼굴을 파묻는 모습을 보며
다가온 마지막 계절을 실감한다.

길 위를 걷는 발걸음은
따듯한 도피처를 찾아가는 종종걸음이 되어
어디론가 바쁜 듯 사라져 가고

한 주머니에 두 손을 모아담은
다정한 연인의 모습은 더없이 사랑스런 미소 속에
머물러 있다.

따끈한 음식들이 즐비한 거리
가판대로 모여든 사람들은 즐거운 온기로

잠시나마 든든한 행복을 누리는 듯 하고

날카로운 바람이 누비고 있는
거리를 바라보던 나는 추위마저 잊은 채
시린 계절의 생동감에 빠져든다.

어둠속의 밝음을 흡수한 빛으로
나풀거리는 눈송이가 하나 둘 얼굴위로 내려앉아
깊이 빠져든 나의 겨울이야기를 찬찬히 듣고 있다.

그대의 겨울에는

그대의 겨울에는
가시바람이 불어오지 않았으면 좋겠습니다.
봄바람처럼 포근한 바람만 불어 준다면 좋겠습니다.

나는 그대에게
바람을 잠시 막아줄 외투는 선물할 수 있지만
에이는 아픔으로 불어오는 날카로운 바람을
막아서는 일은 해줄 수가 없기 때문입니다.

그대의 겨울에는
단단한 얼음이 얼지 않았으면 좋겠습니다.
맑고 투명한 소리로 흘러가는 냇물로 흘러간다면 좋겠습니다.

나는 그대에게
끓여낸 따스한 한 잔의 차는 선물할 수 있지만
냇물이 향하는 넓은 바다로 바래다주는
일은 해줄 수가 없기 때문입니다.

그대의 겨울에는
거친 눈보라가 지나쳐가지 않았으면 좋겠습니다.
함박눈처럼 조용하고 아름다운 눈만 내려준다면 좋겠습니다.

나는 그대에게
마음을 포장한 작은 선물은 준비 할 수는 있지만
포근한 눈이 쌓인 아름다운 세상은 선물할 수가
없기 때문입니다.

그대의 겨울에는
어둡고 외로운 긴 밤이 없었으면 좋겠습니다.
친절하고 따뜻한 친구 하나가 그대 곁에 머물러
마음을 다독여 준다면 좋겠습니다.

내가 그대의 겨울
털어놓지 못하는 힘겨운 이야기를 들어주는
친절하고 따뜻한 친구 하나가 되어줄 수 있다면 정말 좋겠습니다.

침묵의 꽃

고통위에 아름답게 피어나고
때가 되면 쓸쓸하게 떨어지는 꽃잎

걸을 수도 없고 미소 지을 수도 없어
님 따라 서둘러 나서지도 못하고
님 떠나도 가지마라 붙잡지도 못하고

우두커니 한 자리에 서있다.

산들바람 내세워
그리운 님에게 향기로 불어 간다.

아무것도 기억하지 못하는
영원한 잠에 빠져버리는 가여운 꽃은
흙으로 사라져 간다.

향기로 불어나가 겨울한파가 되어
돌아온 바람은…… 아무런 말이 없다.

나풀거리는 눈송이에 이름 지어 불러본다

'그리움' 이라고

하얀 그리움으로 다가온 눈송이는
먹먹한 가슴이 되어가는 고요한 이름으로
살금살금 내려앉는다.

'사랑' 이라고

종일 두근대는 설렘의 가슴이 되어
부끄러운 선홍빛 심장위에 축복의 이름으로
포근히 쌓여간다.

'행복' 이라고

감동의 삶이되기를 바라며 불러 본 이름에
세상 가득 미소가 넘쳐나도록 아름답게 물든
황홀한 기쁨이 넘쳐난다.

그리고 '그대' 라고

보이지 않는 그리움 가득한 사랑이어도
내 곁에서 흩날리는 눈송이는
그대의 아름답고 하얀 손길이 되어

내 어깨를 포근하게 감싸주고
내 차가운 손을 따듯한 온기로 녹여주고
내 가슴으로 내려앉은 야릇한 느낌 하나로
머무른다.

......

첫만남

한번쯤 보고 싶었던 사람과 마주하는 일은
설레는 기쁨으로 다가왔었지
한번쯤 내가 알지 못하는 이야기를 듣는 일은
흥미로운 호기심을 자극하기도 했었고……

한번쯤 만나볼까 했던 사람과
오랜 동행의 길을 걷게 되는 일은 흔치 않은 일이잖아?
그 한번쯤이 내겐 소중한 인연으로 다가왔고
행복한 삶의 이유가 되어가고 있는데 어쩌지?
함께 하고 싶은 마음이 있다는 이유만으로 말이야……

매력~

아름다운 그림이 사람의 눈을 홀리고

아름다운 노래가 사람의 귀를 홀리고

아름다운 글이 사람의 생각을 홀리나……

아름다운 마음은 사람의 모든 감각을

홀려내는 가장 신비로운 매력입니다.

사랑하는 사람을 가질 수 없어서 나는……

사랑하는 사람을 가질 수 없어서 나는
친구로 머물기로 했습니다.

마음에 꼭꼭 숨겨놓았던 비밀 같은 사랑
나는 혼자 하는 사랑을 하고 있었습니다.

만나면 아픈 사랑이 아니라
편하고 즐거운 사랑으로 남기위해 나는
친구로 머물기로 했습니다.

그대를 바라보는 일조차 하지 못하는
이별이 다가올까 두려워 나는
그대의 친구로 머물기로 했습니다.

죽을 때까지
아픈 가슴을 짓누르며 살아가기 싫은
내 이기적인 사랑을 위해 나는

그 사랑 곁에 편안한 존재로 남기 위해
친구로 머물기로 했습니다.
.

.

보이고 싶지 않은 내 마음은
그대가 친구로 머물지 않았으면 좋겠습니다.
그대의 애타는 사랑으로 머물고 싶습니다.

이런 안타까운 내 마음은 사랑입니다.

내게 아름다운 이야기를 들려주는 그대에게

자랑하고 싶은 마음이 넘쳐나지만
겸손을 더해 신중하게 들려주는 그대의 이야기에
"좋아요"

이루고 싶은 삶의 목표를 향해
열정의 모습으로 다가서고 있는 그대의 이야기에
"멋져요"

아픔의 이야기
감추고 싶은 비밀 같은 이야기
힘겹던 삶의 이야기를 들려주는 그대에게
"힘내요"

사랑의 마음이 넘쳐
소중한 가족, 정겨운 친구와 이웃에게
나눔의 미덕을 실천하고 있는 그대의 이야기에
"기뻐요"

모든 삶의 이야기를
포기하고 싶다 말하는 그대의 이야기에
"슬퍼요"
.

.

.

가장 아름다운 이야기는 진심이 담겨있는
'희망과 사랑'의 이야기 이고

가장 가슴 아픈 이야기는 포기를 원하는
'절망'의 이야기랍니다.

그러나 소중한 이야기를
아낌없이 가슴으로 들려주고 있는 그대에게
나는 "고마워요" 라고 말합니다.

눈사람

뒤 돌아 가고 싶은데
자꾸만 안쓰러운 마음이 들어
돌아서지도 못하고 바라보게 만드는 당신은
참 나쁜 사람이군요.

처음부터 그대와 난
한 계절만을 함께 할 수밖에 없는
아련한 사이임을 알면서도 내게 다가온 당신은
참 나쁜 사람이군요.

계절이 지나가면 함께 가버릴 당신
찬 겨울바람 속에서 그대가 우두커니 서있지만
따뜻한 내 집으로 초대할 수가 없네요.

흔적 없이 사라져가는
당신의 모습을 바라보다가 눈물이 흐를 것 같아
따뜻한 내 집으로 초대할 수가 없네요.

갖자하니
어느 따듯한 봄날 바람의 유혹에 넘어가 버릴
당신 때문에 아파질까 두려워 망설여지고

놓자하니
어느 차가운 겨울 시린 바람과 함께 찾아올지 모를
당신 때문에…… 울컥! 가슴이 메일까봐 망설여지고

이럴까 저럴까
갈피를 잡지 못하는 마음을 만들어 놓는 당신은
참 나쁜 사람이군요.

어머니 다음 생에는 돌아오지 말아요

어머니의 눈에는
마르지 못하는 눈물이 고여 있었습니다.

생을 저버리고
떠나야하는 길이 두렵고 외로워서도

돌무지처럼
단단한 걱정과 아픔으로 쌓아 키우던 자식들
남은 인생살이 아리고 안타까워서도

품었던 고운 꿈들
두 눈 감는 어둠의 길과 함께 사라져간
지난 세월 서러워서도

어머니의 눈에는
흐르지 못하는 마지막 눈물이 고여 있었습니다.

"다음 생이 있다면 세상으로 돌아오지 말아요.

삶과 죽음도 없고, 아픔도 고통도 없는 그 곳
곱고 화려한 꽃의 향기가 넘쳐나는 그 곳에서
영원히 머물러요. 사랑하는 내 어머니 잘 가요"

겨울날 생을 등지고 돌아서신 어머니에게……

위로

눈물이 그치지 않을 만큼 힘겨운 그대라는 걸
다 알지는 못해도 어렴풋이는 알 것 같습니다.

세상 온갖 슬픔과 걱정이 약속이라도 한 것처럼
거친 파도로 변해 그대의 아픔으로 몰아칩니다.

여린 몸으로 홀로 마주하려니 감당도 되지 않는
당신의 몸과 마음은 어찌 한답니까

마음은 그대의 아픔 속을 함께 거닐고 있으나
함께 하지 못하는 몸이 미안함을 말합니다.

도란도란 나누고 싶었던 소박한 이야기들이
그대의 슬픔 뒤로, 아픔 뒤로 숨어버리고 맙니다.

슬픈 비가 그치면 따듯하고 밝은 햇살이라고
세상은 웃으며 여유롭게 말하고 있습니다.

멈추지 않을 듯 그대의 눈과 마음에
흘러내리고 있는 눈물을 거두어 닦아요.

흐르는 눈물이 그치지 않을까봐 걱정입니다.
그대 마음을 새카맣게 적실까봐 걱정입니다.

너에게 주고 싶은 향기

가장
감미로운 향기는
사랑이 피어오르는 설렘의 향기이고

가장
아련한 향기는
그리움을 담아 퍼져 오르는 향기이며

가장
두려운 향기는
어둠과 함께 생각나는 불면의 향기더라

지금
눈과 함께 내리는 향기는
너에게 선물하고 싶은 따듯한 겨울 향기~

내일은 다시 밝음

마음이 울적하거나 비어있는 듯 고독한 날.
갈팡질팡 아무것도 손에 잡히지 않는 어지러운 날
미세하게 떨리는 몸이 눈물대신 흐느껴지는 날

몸에 나타나는 증상이
이유가 있음에도 불구하고
누구에게도 말할 수 없는 이유임에
품고 있는 답답함을 움켜쥐어야만 하는 날

마음 구석에
조그만 터널 하나를 만들고
마음껏 달리면 사라지는 맘들일까 싶어져……
운전대를 잡아보기도 한다.

바람을 가르는 여행길에
온통 흐트러진 몸과 맘을 실어 보내버렸다고
비워버렸다고……

시원하게 웃어 본다.

내일은 다시 밝음!

느티나무

고운 능선이 펼쳐진 들판 한 가운데
덩그러니 서있는 느티나무 한 그루……

바람이 불어오는 방향에 따라
가지를 흔들거리며 무게 없는 잎들을 쏟아버리는 나무는
언뜻 바라보기엔 너무 외로워 보입니다.

수차례 겨울나기를 지나온 나무가
마르고 거친 모습으로 비추어졌기 때문이었을까요?

기억의 한 때 그 나무에게도
부드러운 바람이 불어와 춤추듯 살랑거리는
즐거운 가지들의 모습이 간직되던 시절이 있었을 거예요.

상큼한 연두 빛 새싹들이 자라나
온 몸을 아름답게 치장하기도 했었을 테고……

따스함이 가득하던 봄날엔

저마다 아름다움을 자랑하는 아기자기한 들꽃들의
노래를 들으며 즐겁고 행복했던 시절을 맞이하기도 했었을 거예요.

비가 내리면 내리는 데로
생명의 물을 마시며 더욱 풍성한 잎들을
가꾸어 나가는 건강한 나무였을 테죠.

나이를 먹어가는 나무 역시나
세월을 피할 수는 없었나 봅니다.
시린 바람에 메말라 가는 쓸쓸한 모습으로 변해가는 걸 보면요.

소리 없이 물었습니다.

"한 자리에서 움직이지도 못하고
포근한 바람이 불어오기만을 기다려야 하고
꽃이 피기만을 기다려야 하는 넌
서럽지 않니? 외롭지 않아?
바람처럼 자유롭지도 못하고

꽃처럼 화사하게 피어나지도 못하는데 말이야."

소리 없이 대답하네요.

"나? 가끔 외로웠지 쓸쓸했고……
따신 바람은
지나가버리면 오지 않을 것 같았고
부드럽게 노래하던 꽃은
잠깐 내 곁에 피었다가 사라져가는 듯 했지만
매서운 바람이 지나가고
폭군처럼 내리던 비가 멈추고
꽁꽁 얼었던 땅이 부드럽게 녹아내릴 다음엔
어김없이 포근한 바람이 다시 불어와 주었고
다시 피어난 꽃들은 내 곁에서 외로움을
잊게 만들어 주던데?
떠나가고 돌아오고 다시 떠나가고 돌아오고……
처음엔 기다림이 너무 힘들었지
그런데 말이야?

언제나 이 자리를 묵직하게 지키고 있는 내게
때가 되면 다시 돌아와 주더라고
이젠 기다림이 힘겹지 않아.
알고 있으니까…… 다시 돌아온다는 걸"

이 봐~

하루살이로 끝날 것처럼
주어진 일에만 열심인 네 모습이
바보처럼 느껴질 때가 너도 있지?
나보다 더 소중한 사람을 위해
희생만 하는 몸이 지쳐오기도 하고……
남아있는 찌꺼기 같은 시간마저
널 위한 시간이라고는 없고
세상에 한탄하고 소리쳐 본다한들
아무도 몰라주는 네 속에 간직한 아픔은
두터운 그늘의 벽으로 쌓여만 가고……
진심으로 대했던 것들이 때로는
아물지 않은 상처 위에 또다시 덧나기도 하고……
불면의 시간마저도 반복에 반복이고……

너 혹시 지금 그러니?

그렇지만 말이지~

하루살이처럼 귀한 시간을 살았으니
시간의 가치를 깨달았을 테고……
소중한 사람을 위한 희생이
너의 몸을 귀하게 만들었을 거야
남아있는 조그만 여유마저도 나누었으니
마음의 기쁨을 누렸을 테고……
홀로 삭힌 아픔은 구지 말하지 않아도
네 눈빛이 하는 말을 듣는 사람이 반드시
있다는 걸 아니?
상처위에 상처가 덮여 쓰리고 아플지라도
스스로 치료할 수 있는 삶의 항생제를 만들어낸
너라는 걸 잊어선 안 된다.

불면의 어둠, 이젠 걷어버리자~

사랑을 깨닫는 일

하나의 의미를 깨닫는 일

참~ 어렵습디다.
'바보'라고 불리는 내가 아님에도
그 하나의 의미를 깨닫는 일
참~ 오랜 시간이 걸립디다.
그 의미를 아직도 시원스레
꼬집어내지 못하고 있는 나지만
이것만큼은 알겠습디다.
진심으로 한 사람을 사랑한다는 건
아픈 내 가슴은 꾸~욱 누르더라도
아프면 안 되는 한 사람을 위해
항상 웃어야 한다는 것!

숨 가쁜 사랑의 가슴을 대신해
편안한 얼굴로 밝게 웃어주는 일이
따뜻하게 사랑하는 방법이었음을……

참~ 어렵게,
오랜 시간이 지난 지금에서야
깨닫게 됩디다.

나쁜 남자와
나쁜 여자에 대한 억지주장

나쁜 여자(나쁜 남자)의 마음은
넓은 유료 주차장과 같다.

들어서는 자동차의 종류와 크기에
상관없이 출입이 가능하다.
국산이건 외제이건 아무런 상관이 없고
신형이든 구형이든 아무런 상관이 없다.
깨끗하게 세차된 차이건
때가 타서 더러워진 차이건 상관이 없다.
가끔 만차가 되어 가득 채워지면

정작 꼭 주차가 필요한 차량을 거부한다.
주차된 차량이 머무는 기간은 상관이 없지만
주차장을 벗어나는 차량은 머물렀던 시간만큼
지불해야 하는 마음의 부담이 꼭 발생한다.
그럼에도 불구하고
다시 찾게 되는 이유가 있다면
머물 수 있는 넓고 편안한 무료 주차장이

주변에 없기 때문에

비싼 대가를 지불하더라도 다시 찾게 된다.

가끔

마음에 쳐놓은

두터운 암막커튼을 걷어내고

포근함이 감도는 밝은 커튼으로 마음의 빛을

바꾸어 본다.

그래

가끔은……

마음에도……

걷어 주어야 할 어두운 구석이 있어……

늪

당신은 나에게 만큼은
의문의 죄인임을 알고 계십니까?

당신이라는 늪을 만나
피해야 하는 찰나의 시간마저도 없이
한쪽 발을 밀어 넣어버린 난……

깊게 빠져들기만 했다는 사실을
당신은 너무 잘 알고 있지 않습니까.

빠져 나오려 하면 할수록
더 깊이 빠져들게 만드시더군요.

숨도 쉬지 못할 만큼
강한 고통 속으로 빠져들도록 만들던 당신은
흡입력이 너무 강했습니다.

몸부림치면 칠수록 빠져들기에

몸부림을 멈추어 보기도 했었지만

멈추어 있는 순간마저도
가득하게 조여 오는 불안한 가슴을 만들어 버린
당신이었습니다.

두려운 눈물도 흘려보았고
머리끝까지 푹 빠져 숨을 멈추어버릴까
생각도 해보았고

나를 빼내어줄 누군가가 있을까
주변을 두리번 거려보기도 했습니다.

늪에서 헤어 나오는
아무런 해답도 방법도 없다는 걸 알아버린 순간
나는 참 슬펐습니다.

그래서 나를 고통스럽게 만든 당신께

의문의 죄를 뒤집어 씌워 물을 수밖에 없습니다.

당신 죄의 벌로 실형을 드릴까 합니다.

죽을 때까지 당신 가슴 깊숙이 내가 걸려
때때로 고통스러운 눈물을 흘리게 되는 '가슴앓이'라는
감옥에 가두어 놓겠습니다.

사랑이 먹는 나이

순수한 눈으로 하나의 모습을 바라보고
맑은 마음으로 하나의 모습에 다가서고

두 손으로 감싸 안은 아릿한 울림이
그리운 서로의 가슴이 되어 향하는 느낌

시작된 '사랑'이라고……

그리움의 노래가 끝나갈 즈음
사랑도 익숙함으로 나이를 먹는다.

'편안함'이라는
보이지 않을 만큼 조금씩 시간을 먹고 자라난
사랑의 성숙하고 아름다운 이름으로……

사랑도 나이를 먹는다.

그대가 최고다

부끄럽지 않은
삶을 살아가고 있다면
그대여 세상 눈치 보며 살지 마라.

세끼 해먹을 돈이 없더냐
추위에 껴입을 옷이 없더냐
내 몸뚱이 누일 공간이 없더냐

품은 꿈이 없더냐
함께하는 친구가 없더냐
가슴에 따뜻한 사랑이 없더냐

설령

아무것도
가진 것이 없다 해도
절대 세상 눈치 보며 살지 마라.

있는 그대로의 '나'로 살아라.

많이 가졌어도 욕심으로 살고
많이 배웠어도 무식하게 살고
정신머리 없는 사람들 참 많더라.

부끄럽지 않은
삶을 살아가고 있다면
그대여 절대 눈치 보며 살지 마라.

많이 가진 것 없고
깊게 배우지 못한 일이
세상에 지은 죄가 될 리가 없지 않은가

절대 기 죽지도 마라~!

내 보기엔
흠뻑 땀 젖은 얼굴 위로

하얀 치아 내보이며 밝게 웃는 그대 모습이

그냥 '짱'일 뿐이다.

사랑이란?

내가 처음 그 이름을 불렀을 때는
궁금한 호기심이었고

두 번째 그 이름을 불렀을 때는
설레는 가슴이었다.

세 번째 그 이름을 불렀을 때는
집착의 그림자로 다가온 불안함이었고

네 번째 그 이름을 불렀을 때는
간절한 그리움과 아려오는 가슴이었다.

마지막으로 불러보는 그 이름에게는
마음이 향하는 곳으로 언제든 가라 하고픈
자유로운 날개를 주고 싶은 마음……

나는 아파도 괜찮아 네가 행복하다면
네 아픈 모습을 바라보고 싶지 않은 내 마음
그 마저도 사랑이니까……

마음에 담은 별

잠들 수 없었던 어느 날 밤
셀 수 없는 많은 별들이 나를 비추고 있었고
나 역시나 빛나는 별의 무리를 바라보고 있었지

별빛이 아무리 아름다워도
바라보는 일 밖에는 할 수가 없었던 나는
너무나 희미하고 약한 존재였었나 봐

너무 예쁘고 탐이 나는 보석 같아서
갖고 싶은 욕심은 났지만 별을 가질 수 있나?

두리번거리던 시선은
하나의 별을 찾아내고는 마음으로 속삭였지
"너 정말 예쁘다. 네가 제일 아름다워"

점점 밝아지는 그 별도 기뻐하는 것 같더라고
"내 빛을 찾아내고 아름답다 말해줘 고마워"

.

.

.

하늘이 밝아오기 시작하더니
사라져 가는 별무리와 함께 그 별도 사라져가더군

다시 어둠이 내리면 빛을 내며
별무리 속에 그 작은 별이 다시 나타나겠지만
내 시선을 훔쳤던 그 별 하나를 찾아내지는 못하겠지?

가질 수 없었던 그 별
오랜 시간 바라보기만 했었던 그 별

그러고 보니 가질 수 없었던 게 아녔나봐
내 눈으로 담아 마음으로 깊게 새겨버린 거지

가장 아름다웠던 작은 별 하나를 잊을 수 없겠지?
별이 떠오르는 하늘을 바라볼 때마다 생각이 날 테니……

친구

한 잔의 차와 함께
서로의 미소를 마주보며
오랜 시간 마음의 대화를 나누어도
지루하지 않은 편안한 사람

겨울비와 고독한 감성이
함께 내려오는 오늘 같은 날
담아 놓았던 이야기를 풀어놓고 싶은 날
무척이나 보고 싶은 사람……

그 사람이 너야

유난히 수다가 필요한 날. 그리운…… 너!

감정이입

지은 죄도 없는데
숨이 멎는 듯 가슴이 울렁거리고
슬픈 일도 없는데
눈물이 왈칵 쏟아질 것만 같고
이별을 한 것도 아닌데
이유 없이 욱신거리는 가슴

혹시

너 지금

이유 없이 아픈 거니?

......

To

흉이 될 만한 내 이야기를 털어 놓아도
편안하게 감싸 안아주는 그대가 있어 고맙습니다.

미친 듯 아려오는 가슴을 풀어 놓더라도
조용히 함께 아파해주는 그대가 있어 고맙습니다.

듣기 싫을 법한 지루함을 늘어놓아도
내색 없이 귀 기울여주는 그대가 있어 고맙기만 합니다.

고민 가득한 내 마음에 위로가 되어준 그대……
그대가 내 아름다운 사람이어서 참 고맙습니다.

재회

담아내면 안 되는 사랑이라고 도리질 치던 사람
너에게로 향하는 발걸음을 멈추고
이제는 그만하자, 그만하자 다짐도 해봤지만

끝이 보이지 않는 마음의 공간
너 하나로 채우는 바보가 되지 말자 약속했지만

그리움이라는 아름다운 감성이
너 하나 보고 싶은 아련함이 아니길 바래왔지만

어쩌다 흐르는 울컥한 눈물의 이유가
너 때문에 흐르는 눈물이 아니길 원했었지만
.
.

너 하나 바라 볼 밖에 없는 두 눈
너 하나밖에 담아내지 못하는 가슴
너 하나의 모습으로 향하는 발걸음
너 하나 이유로 흐르는 눈물의 의미

널 사랑하지 않으려 발버둥 쳤지만
잊을 수 없어 다시 마음에 담은 사랑이

또…… 너~!!!?

만약에 네가 없었다면

만약에 네가 없었다면
함박눈이 내려오는 차가운 겨울 날
너와 함께 바라보는 하얀 세상이
아름다움이라는 걸 알 수 있었을까

만약에 네가 없었다면
따듯한 바람이 불어오는 향기로운 날
내일 있을 일들에 희망을 말하는 일이
기쁨이라는 걸 알 수 있었을까

만약에 네가 없었다면
흐린 수채화 물감을 풀어 놓은 듯 아련한 날
빗물이 흐르는 창가에서 마시는
커피 한 잔의 여운이 그리움의 향기라는 걸
느낄 수 있었을까

만약에 네가 없었다면
쓸쓸한 낙엽비가 쏟아져 내리는 날

앙상해져가는 숲으로 난 길을 홀로 걷는 일이
외로움이라는 걸 알 수나 있었을까

만약에 네가 없었다면
숨 쉬는 일이 힘겹게 느껴지는 날
코끝으로 시원한 공기를 들이쉬며
다시 살아가고픈 기운이 나기나 했었을까?

만약에…… 만약에 네가 없었다면 말이야.

나 너의 의미 그리고 삶.

너의……

왼 편 가슴을 메워주는 사람도 있을 테고
오른 편 가슴을 메워주는 사람도 있을 테고
정면의 가슴을 메워주는 사람도 있을 테고
등 뒤에서 너를 안아주는 사람도 있을 거야

욕심을 갖자하면 네 주위를 감싸고 지켜줄
모든 사람이 너의 사람이라면 좋겠지만
보이지 않는 등 뒤에서 네가 힘겨울 때마다
따스하게 안아주는 사람…… 그 사람이……
정말 너를 사랑하는 사람이지 않겠니?

네 빈 가슴을 채워줄 모든 사람을 갖는다는 건
떠나갈 때마다 아파지는 가슴을 움켜야 하는
어리석은 소유욕일 뿐
욕심이 난다고 모든 사람을 너의 곁에 둘 수는
없는 거야
.
.

빈 가슴을 채운다는 건……
누군가를 곁에 두려는 욕심으로 채워가는 게 아니란다.
어울릴 수 있는 마음과 마음으로 채워가는 거지……

완벽하게 채워진 가슴을 가진 사람은
세상에 아무도 없단다.

유난히 더 네가 떠오르는 날이 있다

유난히 더
네 미소가 그리운 날이 있다.

불현듯 심심함이 느껴지는 날
다감한 이야기로 꽃을 피우고 싶을 때
네가 내 곁에 함께라면 허전하지 않을 것만 같거든

유난히 더
네 목소리가 듣고 싶은 날이 있다.

졸음이 쏟아지는 데도
이상스레 깊은 잠에 들지 못할 때
네 목소리를 들으면 스르륵 눈이 감길 것만 같거든

유난히 더
네가 보고 싶은 날이 있다.

지치도록 열심히 시간을 보낸 날

쓰러질듯 비틀거리는 몸이 힘겨워올 때
네 어깨에 잠시 기대면 피곤함이 사라질 것만 같거든
.

.

바뀌어 가는 계절이 느껴지는 날
하늘이 너무 맑아 들떠오는 기분이 들 때
네가 내 곁에 함께라면 웃을 수 있을 것만 같거든

유난히 듣고 싶고, 보고 싶은
오랜 친구가 그리워 끄적인 낙서−

이른 느낌

차갑게 얼어붙고
생기 없이 바짝 마른 장작처럼
죽은 시체의 모습으로 버티어내던 고목

침묵으로 일관하며
감각이 멈춰있던 계절을 보내고
보란 듯 생기를 찾아간다.

깊은 바닥으로 스며
굳게 얼어있던 지난날의 빗물이 녹아
생명의 물로 흐르기 시작하고

오래전 하늘의
황홀한 모습을 따라 무심히 지나쳐 가던
바람이 돌아올 채비를 하니

즐거워 몸을 흔드는
고목의 가지 끝에 앉은 이른 계절의 느낌

화사한 꽃다발을 안은 너
내게로 올 날이 머지않았나 보다.

겨울 여왕의 질투?

희고 찬 계절이 조금 더
자신의 존재를 드러내고 싶은가 보다.

따듯한 아름다움을
환영하는 사람들의 시선이 향하는 곳에
매서운 질투가 나는 건지

그대로 잊혀 질까 두려워
마지막 힘을 다해 서럽게 몸부림치는 건지
성난 질투의 바람이 뼛속까지 스며온다.

새벽을 냉각시켜 놓은 겨울 이슬과
온 세상에 휘몰아치는 냉혈의 바람으로
다가오는 향긋한 세상으로 여는 문을

굳게…… 닫아 버리려 한다.

가끔 나를 잃어 갈 때가 있다

누군가에게는
없어서는 안 되는 선명한 존재이지만

누군가에게는
있으나 마나한 흐릿한 존재이기도 하고

누군가에게는
보이지 않는 의미 없는 존재가 되기도 한다.

잃어가는
나의 존재를 찾아 멈추어 본 생각의 시간

어둠속에 가로등이 차례로 밝아진다.

푸르던 하늘이
섞어놓은 여러 가지 색감이 검어진 듯 어둡다.

밝았던 마음이

섞어놓은 여러 가지 색감의 생각으로 어둡다.

잠시 혼란스러운 '나'라는 존재

가장 슬픈 건
누군가에게 사라져가는 의미가 될 때~?!

그대가 시인

감성과 이성이 섞인 가슴
스스로도 지배하지 못하는
혼돈의 외로움이 뼈마디를 깎는 날에
비밀 같은 진심을 글 속에 숨기고
홀로 울고 웃는 사람

달콤한 바람, 허무한 바람
따사로운 바람과 싸늘한 바람
피부를 에워싸는 오만가지 느낌에도
안부를 물으며 반기는 사람

젖은 그리움에
이슬 같은 눈물을 흘려내고
찬 서리를 몰고 오는 하늘가에
기억을 얼린 아픔의 무덤을 만들어
깊숙이 묻어 놓는 사람

떠나간 사랑이 남기고 간

날카롭게 베인 심장의 고통스러움마저
그래도 아름다웠노라 노래하며
쓴 웃음을 지어 보이는 사람

마음을 감추지 못하는 사람
나고 자란 보잘 것 없는 짧은 인생에
허허~ 웃고 마는 사람

그 사람, 그대가 시인-

무제

얇은 실금 같은
중년의 흔적이 보이기 시작한다.
아쉬울 틈도 없이 지나가버리는 중년이라더니
총알보다 빠르다는 말, 거짓이 아니었다.

부쩍 커버린 아이들보다 작아져 있는 나

내 시간의 노력을 받아먹는 아이는
옛 시절 내 모습을 닮아가며 자라고 있고…
앞날에 닮아 가게 될 내 어미 아비는
녹아내린 뼈가 아프다며 나보다 작아져 간다.

모든 삶에는 비슷한 법칙이 있는 듯하다.
내 피와 살은 누군가의 희생으로 자라나고
내 희생으로 누군가의 피와 살이 자라나듯
받은 만큼은 돌려주고 가야 한다는 진리…

하나 더!

내가 세상 한 자리에 머물러 있는 동안
남기고 갈 무언가를 위한 최선의 노력은
필수적인 삶의 법칙이지 않겠나?

힘내요, 그대

그대 힘겨워 울고 있나요.
그만 하자고 포기 하나요.

참아 왔던 맘 흩어진데도
무너져가면 안돼요. 그대……

나도 그대처럼 힘겨웠어요.
하지만 이 세상은

아픔보다 더 기쁨이 많아
그대 조금만 더 용기를 내요.

밝은 세상으로 걸어요.
햇살도 바람도 부드럽게 반기는데

울지 마요. 그대 웃어요. 그때처럼
믿어요. 그대를…… 해낼 수 있으니까

오래전에

지쳐 울고 울었던 내 모습이 기억나

포기 하려했던 나의 모습이

.

.

그 날엔

햇살이…… 바람이…… 그대가……

내 마음 위로했지

변화를 누리고 싶은 계절……

멈춘 시야의 끝점
눈으로 바라 볼 수 있는 곳은 한계가 있다.
내 주변을 맴도는
도시의 텁텁한 입자들을 흡입하며 산다.
지금 듣고 있는 소리는
반복적이고 규칙적인 시계초침 소리와
텔레비젼에서 들려오는 잡다한 소리들뿐이다.

시야의 끝점을 넘어선 곳에 펼쳐진
다른 세상을 바라보려거든
한 걸음 더 앞으로 걸어 나가야 하고
맑고 상쾌한 공기를 가슴에 담으려거든
등진 도시의 편안함을 아쉬워 말고
초록의 거친 등성이를 찾아 떠나야 한다.
잡스러운 소음과 단조롭고 규칙적인
건조한 공간의 소리가 귀에 거슬린다면
아름다운 소리가 들려오는 공간으로
이동해야만 한다.

변화를 누리고 싶은 계절…… 봄이다.

희망사항

봄 햇살 가득한 아침이면
게으름뱅이가 들어앉은 듯 고단한 잠에서
깨어나지 못하는 그대를 위해
새콤한 봄의 향기로 단잠을 깨우는
아기자기한 사람이 나라면 좋겠습니다.

끼니마저 잊을 만큼
바쁜 일상을 마주하는 그대의 하루를 위해
손끝 정성을 더한 간단한 도시락을 준비하고
든든한 그대의 시간을 돕는 따뜻한 사람이
나라면 좋겠습니다.

가벼운 입맞춤이
싱글싱글 그대의 웃음을 만들어 준다면
거름 없이 매일매일 한다 해도 귀찮지 않을
애교 많은 귀여운 연인 같은 사람이 나라면
좋겠습니다.

힘겨운 일이 있거들랑
감춤 없이 이야기하는 그대를 기다립니다.
그대가 가장 힘겨울 때 제일 먼저 생각나는
좋은 친구 같은 사람이 나라면 좋겠습니다.

곤하거들랑
내 마음에 만든 흰 구름 같은 푸근함에
편히 그대를 맡겨도 된답니다.
그대 마음을 다독여 다시금 힘이 나도록
편안하게 해주는 사람……
그런 사람이 내가 된다면 좋겠습니다.

……?!?

그 사람

손가락 한두 번 까딱거리면
그리움과 기다림…… 그 묘한 긴장의 매력이 없이도
비오는 날의 차분한 감성을 들을 수 있다.
.
.

가슴에 흐르는 눈물을 만드는 목소리로
나를 사로잡는 감성을 부르는 이에게 열광하고
영원히 기억에 남기고 싶은 목소리를 갖기 위해
레코드 가게를 찾아 헤매던 기억은
희미해져 가는 어린 날의 향기가 되어 사라져 간다.

따끈한 수증기를 담은 찻잔을 들고 바라본
투명한 유리창에는 뿌연 김이 서렸다.

도구 없는 낙서판이 된 유리창에
손가락 내밀어 그려보는 이름…… 그 사람

향기가 번지는 한 귀퉁이를 지키고 있는 나와

나머지 공간을 메운 노래 속에 떠오르는 그 사람
봄의 길목, 부슬비 속에 서있던 그 사람……

빈 공간을 메우던 노래 제목마저도 그 사람~!

중독

지금 내가 그대를 잊는다 해도
곁에 머무르던 환상의 모습이 아른거려
허전한 빈 가슴을 느끼게 될지도 모르겠습니다.

지금 그대를 내가 잊는다 해도
화려한 봄 너울거리는 꽃 날개를 바라볼 때면
떨어지는 한 닢 한 닢 그대라는 의미를 담아
기억의 조각을 꺼내어 맞추게 될지도 모르겠습니다.

내가 지금 그대를 잊는다 해도
돌아서면 긴 그리움이 되어버리는 그대를
먼 하늘 끝에 걸린 가느다란 한숨처럼 쉬어낼지도
모르겠습니다.

생이 끝나는 날 잊혀져갈 이름이여
지금 잠시 그대를 내가 잊으려 한다 해도
다시 떠올리게 될 이름이 그대일지도 모르겠습니다.

헤어나지 못할 지독한 중독의 이름이여……

•여자•야

아무 말도 하지 못하는
가슴 아픈 벙어리가 되지 않기 위해
하얀 여백을 까맣게 채우며 떠들어대는
수다쟁이가 여자야

차오르는 숨이 벅차올 때마다
메어오는 잡음 소리가 목을 타고 흘러내려도
말 못하는 긴 사연을 품고 사는 사람이
여자라는 존재야

행복했던 순간순간을
가슴 한쪽 구석에 모아 놓았다가
지쳐가는 마음이 견딜 수 없을 만큼 힘이 들 때
하나하나 꺼내어 쓴 웃음에 버무려가며
참아내는 사람이 여자야

정말은 강하지 않아
현실과 직면해야만 하는 불편한 책임감에

살아나가는 방법을 재주껏 익혀야 하는……
강한척이라도 하며 살아가는 사람이
여자일 뿐이지

가슴은 사랑의 이상을 꿈꾸지만
서슬 빛 날카로운 상처에 무너져 내리면
꿈과 이상을 잊은 채로 세상을 버리기도 하는
어리석은 사람이 여자이기도 하지

받는 기쁨이 하나라면
열 배의 기쁨으로 넉넉하게 베풀고 싶어 하는
인정 많고 포근한 사람 또한 여자야

나약한 줄기위에
아름다움으로 피어나는 꽃이 되고픈 사람
여리지만 강하게 피어날 밖에 없는 사람이라서
여자라는 벅찬 이름을 가졌나봐

남자야

하고 싶은 이야기가 많아도
묵직하게 입을 다물어야 남자다워 보인다기에
아무리 아프고 힘든 사연이 마음에 가득해도
가볍게 떠들지 못하는 사람이 남자야

아침을 여는 순간부터 시작되는 바쁜 일상
흠뻑 젖게 하는 땀이 등줄기를 타고 흘러내려도
여유로운 바람을 느낄 겨를조차 없는 사람이
남자라는 존재야

내가 선택하고, 사랑하고……
행복한 웃음을 짓게 하고픈 내 사람들을 위해
가슴 한 구석에 모아 놓은 남자의 감성은
잊어버리고 살아가는 사람이 남자이기도 해

정말은 강하게 보이고 싶을 뿐
가끔은 포근하고 따뜻한 가슴에 몸을 맡기고
편안하게 쉬어가고 싶은 힘겨운 시간들이 많아

응석 쟁이 어린 아이처럼 연약한 사람이 되어
보호받고 싶어 하는 사람이 남자이기도 하지

지독하게 사랑하는 사람이 생기면
숨이 끊어지는 한이 있어도 지켜주려 하기에
여자보다 더 심각한 이별의 상처를 간직하지만
눈물은 가슴으로 삼키는 사람이 남자야

정성 가득한 작은 선물에 깊은 감동을 받아
고맙다 사랑한다 말로 하는 표현은 서툴지만
죽기 전까지 고마움과 사랑하는 마음을
품고 살아가는 사람이 남자야

뿌리가 깊어 아무리 거센 바람이 불어도
한 번 결심한 일과 사랑에는 흔들림이라고는
결코 없는 사람이기에 남자라는 강한 이름을
가졌나봐……

잠시 쉬어가는 갓길에서

부러진 가슴을
움켜쥐는 듯 지독한 삶의 열병도……
어둠이 지배하는
슬픈 관념의 시간들이 지나가는 길목에
버려내는 흔적과 함께 무디어 가고 있을 뿐
잊을 수 있는 것은 아무것도 없다.

말 못하는 사연을
묻어 놓은 안타까운 가슴은……
빈자리가 드러나는 허전한 공간을 대신해
빈 틈 없이 메워지는 빛의 세상을 친구로 맞이한다.

홀로 느끼는
분노와 괴로움을 녹이는 빛 속에서
세월의 과녁을 향해 화살의 빠르기로
달음질하는 내 안에는
아무것도 남은 것이 없는 줄로만 알았다만……

그래

네가 있었구나.

쉬어가라 자리를 내어주는 나무 의자

밝게 웃으라 활짝 웃어주는 꽃잎들

편히 숨 쉬라 속삭여주는 부드러운 바람

그리고 나와 함께하는 또 다른 나……

잊혀져가고 있다

짧은 헛숨이
가벼운 비웃음처럼 번져가는 시간
죽을 것만 같던 괴로움의 시간들도
생각이라는 걸 해보니
잊혀져간다.

거칠게 숨을 고르던 아픔도
이젠 참을 만하다.
잊을 수 없을 것만 같던 그 모습도
이젠 지워져 가고 있다.

영원히 슬프게 흐를 것만 같았던 눈물도
말라가고 없어져 간다.
잊혀져가고 있나 보다.
묻어 두었던 모든 추억의 향기들도……
희미해져간다.

잊혀져가고 있다.

감사하죠. 내 모든 삶에······

감사하죠.
실수로 핀잔 받았던 부끄러운 기억에
부끄럽지 않으려 좀 더 신중한 생각을 하는
내가 되어가고 있으니까요.

감사하죠.
뼈 저리는 실패를 맛보았던 한 때에
실패란 또 다른 삶의 맛난 재료가 되어
완성되어 가는 삶을 만들어가는 이름이라는 것을
알아가고 있으니까요.

감사하죠.
힘겨운 기억이 가득하던 지나온 인생에
패인 상처가 아무리 깊어도 시간이 흐른 뒤엔
아름다운 추억의 흔적으로 간직될 거라는 걸
가슴으로 느껴가고 있으니까요.

감사하죠.

사랑의 아픔만을 주었던 누군가에게
마음으로 써내려갔던 수많은 편지들이
아픈 사랑을 하는 어떤 연인들에게는 지금 힘이
되어주고 있는 것 같으니까요.

감사하죠.
내 지난 날…… 실수와 실패와 아픈 사랑에
모진 삶의 추억을 되새김하는 이야기들로 한 편의
아름다운 글을 쓰는 꿈을 갖게 되었으니까요.

감사하죠.

기억 속에 저장된 지난 삶의 모든 발자취에
나는 지금 생의 깊이를 터득해가는 살아감 속에서
아픔을 겪는 누군가에게 힘이 되어줄 수도 있는,
괜찮은 사람으로 바뀌어가고 있는 것 같기도 하니까요.

그래서요. 나는 모든 삶에 감사하죠.

네 마음을 난 알 수가 없어서……

때로는 너
아주 사소한 얘기까지 나에게 말을 하지
하루에도 몇 번씩 전화하는 너
날 좋아하는 맘인 거니 말 상대가 없는 거니
좋아하는 마음인지 그냥편한 마음인지
알 수가 없어

가끔은 너
활짝 웃으며 친근한 듯 편한 듯 말을 하지
하루에도 몇 번씩 문자하는 너
밥 잘 먹어라 운전할 땐 조심해라 하는 문자.
일상적인 안부인지 정말 하는 걱정인지
알 수가 없어

나에겐 너
정말 특별한 사람인 걸 넌 정말 모르니
어쩌다가 전화도 없는 날이면
난~ 하루 종일 전화기만 바라보는 바보인데

좋아하는 마음이야 두근두근 설레는 내 맘
사랑일 거야

너에겐 나
그냥 편안한 친구인지 사랑인지 모르지만
어쩌다가 문자도 없는 날이면
난~ 내가먼저 문자할까 기다릴까 고민하지
안절부절 하는 나, 하루 종일 기다리는 맘
사랑일 거야

이런 게 사랑이라면 너에게 고백하고 싶지만
너에게 사랑이라면 나에게 말해주면 안되나
서로가 느끼는 사랑 너에게 고백하고 싶지만

네 마음을 난 알 수가 없어서……

가슴에게 묻는다

아무리 간절한 진심으로 상대를 대한다 해도
엇갈려가는 상대방이라면 아름다운 진심은
빛을 잃고 사라져가는 냉정함으로 돌아설 수밖에 없다.

양치기 소년을 걱정한 이웃이
소중한 진심으로 위기의 소년을 도우려 했으나
소년의 세 번째 거짓말에 속은 이후
진정으로 도움이 필요했던 소년의 네 번째 간절함에
냉정하게 돌아선 것처럼…

속고 또 속아도 한 번 더 믿어보려는
진심어린 신뢰를 가지고 세상을 대하고는 있지만
그리하고 싶은 마음을 버려내고 싶지는 않지만
세상에게 진심을 다해 내어준 마음만큼
돌아오지 않는 메아리에 퇴색해가는 내 진심이 서글프다.

거짓을 포장한 진심으로 상대적 진심을 유도하는
양치기 소년 같은 거짓 세상의 이웃이고 싶지는 않다.

그러나 한 번 더 세상을 믿어 보기로 한다.
아직은 세상을 단정 짓기에는 이른 감이 있기에……

세상의 아픔과 불행을 바라보며
자신의 행복을 찾는 거짓사람의 됨됨이로 살아가고 싶지는 않다.
위기의 순간 진정 내 곁에 누군가 머물러 주길 바란다면
진심을 버리지 않는 사람으로 살아가야 하는 게
맞는 삶이겠거니 추정의 삶을 살아갈 뿐이다.

지금 얼마만큼의 진심으로 세상을 대하며 나는 살아가고 있는지……
한번쯤 가슴에게 물어봄직한 질문을 스스로에게 던져본다.

나는 과연 얼마만큼……?! 가슴에게 묻는다.

행복한 나와의 만남

인생의 목표가 부유한 삶이라면
이미 부를 누리고 있는 사람을 만나야 하는 것이 아니라
부를 만들어 내는 독창적인 아이디어를 가진 사람을
만나야 합니다.

인생의 목표가 사랑이라면
사랑받기 원하는 사람을 만나야 하는 것이 아니라
사랑을 함께 나눌 수 있는 사람을 만나야 합니다.

인생의 목표가 성공이라면
이미 성공한 사람을 만나야 하는 것이 아니라
성공으로 이끌어 줄 사람을 만나야 하는 게 맞습니다.

그러나 행복한 삶이
인생의 가장 소중한 목표라고 생각된다면
부와 사랑 성공 모두를 다 가졌다고 생각되는 사람을
만났을 때에 다가오는 행복이 아님을 알아야 합니다.

행복은 가장 소중하다고 생각되는
인생의 목표 하나를 이루어 가는 과정에서
만족감을 느끼는 자신을 만났을 때에 다가오는 기쁨이고
즐거움이기 때문입니다.

무언가를 이루려고 노력하고 있는 사람이
땀 흘린 후 먹는 밥 한 끼에 행복을 느끼기도 하는 이유는
행복이란 최선의 현재를 살아가는 과정에서 다가오는
고마움을 담은 마음이기 때문입니다.

있어야 할 자리

바닷가……
밀물과 썰물이 다녀간 자리를
가득 메운 모래알들은 참으로 아름답게 보입니다.
바닷바람에 묻어오는 비릿한 내음은
바다로부터 불어오는 탓에 향긋하기만 하고
바닷새가 바다위에 펼쳐진 하늘을 유영하는 모습은
그림처럼 멋지게 보이기도 합니다.

있어야 할 자리를 차지하고 있는 존재들은
아름답고 감동적인 모습으로 그려지기도 합니다.

그러나 알맞게 익은 기름진 밥 속에 몇 알 섞인
모래알이 주는 썰그럭 거리는 느낌이 좋을 리가 없고
꽃향기가 가득한 들녘에 비릿하게 퍼져오는 내음이
조화로울 리가 없습니다.
작은 물고기를 먹고사는 바닷새는
산속의 독풀과 단내 나는 과일을 구분하지 못하기에
산 속에서는 위태한 생명이 되기도 합니다.

이처럼 있어야 할 자리가 아닌 자리에 놓여있는 존재는
결코 아름다운 감동의 존재가 되어 머물지는 못합니다.

주변과 함께 편안하고 아름답게 어우러질 수 있는 자리
또 내가 꼭 있어야만 하는 필요한 자리……
생각해보면 떠오르는 자리가 분명하게 있습니다.
그 자리가 내가 있어야 할 소중한 자리이고
지켜야 할 감동의 자리입니다.

"밥 든든히 드시고 힘내요!"

혼자라고 생각하던 쓸쓸한 마음에
'넌 혼자가 아니야'라고 들려주는 작은 속삭임
생각하기에 따라서는 아무것도 아닌 듯
사소한 말에 울컥 감동이 스며들 때가 있습니다.

내가 걱정해야 할 사람들은 너무 많기만 한데
나를 걱정하는 사람은 있을까 라는 의문이
들기도 하던 때에 '밥 잘 먹고 힘내야 해' 하며
토닥여 주던 한마디에 눈시울이 붉어지던
기억이 납니다.

항상 혼자라고 생각해왔던 내게도
뭐든 혼자 해낼 수 있다고 믿었던 내게도
강한 척, 잘난 척, 밝은 척, 몹쓸 도도 병에 빠져
고집스럽게 살아왔던 내게도
도움도, 위로도, 함께 라는 든든함도 필요했었던
모양입니다.

그럴 때 '나는 혼자가 아니구나'하는 생각에
울컥하기도 하고, 마음이 넉넉해지기도 하는
미소를 머금었던 듯합니다.

늦은 귀가길 '조심해야 해'라고 말해주는 사람이
고집스럽고 미련스럽던 나를 일깨워 주기도 하고,
시작의 시간 '밥 잘 먹고 힘내야 해'라는 한마디
말에 허기진 마음이 든든하게 채워지기도 하더랍니다.

돌아보기 전엔 몰랐던 든든함을 느끼게 되더군요.
마음을 진심으로 나누어 주는 사람들이
살펴보니 아주 가까이 있더랍니다.

그대가 혼자라고 느끼며 쓸쓸한 거리를 나설 때에
'밥 잘 먹고 힘내자'라고 걱정스레 말해주는 사람
분명하게 있을 거예요.

그렇다면, 그대는 결코 혼자가 아닌 거죠~?!

걱정해주는 사람이 있다는 건, 그대와 함께하는
든든함이 곁에 있다는 의미이기도 합니다.

지금 한 번 돌아보세요. 정말 아무도 없다면
"밥 든든히 드시고 힘내요!"

비밀

드라마처럼 전개되는
여자의 이야기들 뒤에는 늘 남자가 숨어있다.
남자의 이야기들 뒤에는 늘 여자가 숨어있다.
안절부절 편치 않은 마음이 짓물러지고
슬퍼져도 드러내지도 못하는 집착과 미련의 그늘
표현마저도 비밀처럼 담아야만 했던
가슴앓이의 흔적 뒤에는 서로의 아픔이 되어
숨어있는 남자와 여자가 있다.

비밀의 정원 한 구석에 만든
조그만 연못에 화려한 눈물 꽃을 피워내는 여자.
가로수길 나무 가지처럼 바람에 이리저리 흔들리는 남자.
햇볕을 받아 포근하고 눈부신 세상으로 보이도록
그럴듯하게 위장하고 포장해가지만
어디선가 불어오는 낯설지 않은 감성의 바람에
구슬픈 노래를 부르는 그들만의 마음에 자리한 애틋함.

유리처럼 투명하고 견고한 막을 치고

보이는 듯 보이지 않는 벽속에 마음을 숨긴다.
아무도 그 누구도 드나들 수 없는 비밀의 마음을 소유한다.
비밀처럼 소리 없이 가꾸어지는 여자와 남자
비밀처럼 감추어진 상처로 얼룩져가는 존재감……

그들로 인해 피어나는 고통의 꽃.

남자와 여자의 비밀로 가꾸어지는 정원에는
안타까운 영혼의 숨들이 스며들어
애가 타는 미련의 장막을 거두어내지 못하고
드러낼 수 없는 비밀을 영원으로 간직하고 있다.
그릇된 사랑을 하는 남자와 여자의 밝힐 수 없는
영원한 비밀……

잘못된 사랑

어둠속에서 밝힌 촛불 바라보기

창틈을 비집고 들어오는 바람 때문인가요?
찬 기운이 맴도는 작은 방, 작은 책상 위 한 구석에
온화함이 그득한 촛불 하나를 밝힙니다.

아쉬운 열두 달의 이야기를 밝히고
험난했던 기억들은 사라져가라…… 사라져가라……
조그맣게 소곤거려 봅니다.

야리 한 바람 속에 흔들리던 촛불이
기억속의 아픔은 모두 거두어 태워 버리겠노라
주홍빛 미소로 내게 말합니다.

주루룩…… 주홍미소의 눈물이 흘러내립니다.
아쉬울 것도 없는 기억들을 태워내려다 못내
요동치는 가슴이 서러워 흘러내리나 봅니다.

한 참을 바라보던 주홍빛은
붉고 푸른빛과 함께 작고, 밝고, 화려한

꽃송이를 피워내기 시작합니다.

은은함과 포근함으로……
찬 기운 돌던 작은 방을 가득 채우기 시작합니다.

아늑한 어둠속에 스르륵 감기는 눈……

지금부터 나는 꿈을 꾸기 시작합니다.
주홍빛 미소가 가득한 포근하고 편안한 꿈을
향긋한 봄을 그리는 꿈을 꾸기 시작합니다.

어둠속에서 밝힌 촛불을 바라보며……

당신은 그런 사람입니다

당신은 바람 같은 사람이었습니다.
보이지 않아도 살갗에 닿는 느낌으로 다가와
부드러운 느낌으로 바라보게 만드는
살랑 이는 바람 같은 그런 사람이었습니다.

당신은 따듯한 아침햇살을 닮아
눈 뜨는 아침이면 이리저리 내 주변을 밝히는
밝은 빛 같은 사람이었습니다.
참 따스한 햇살 같은 그런 사람이었습니다.

당신은 꽃처럼 미소가 아름다웠습니다.
당신이 웃을 때면 하얀 꽃이 화사하게 피어나
기분을 맑게 만들어주곤 했었습니다.
설레는 계절에 처음만난 목련의 아름다움을
곱게 간직한 그런 사람이었습니다.

당신은 푸름을 간직한
커다란 소나무 같은 듬직한 사람이었습니다.

사납게 불어오던 바람이 당신을 꺾으려했어도
못내 이루지 못하고 돌아 불어가게 만들던
그런 강직한 사람이었습니다.

당신은 그런 사람입니다.

한 자리에 뚝심으로 머무는 일이 간혹
고독하고 슬플 때도 있었을 게고……
날고 싶은 날개가 없기에
때로는 두렵고 답답한 가슴을
흔들리는 몸부림으로 대신하곤 했었겠지만…

당신은
바람이고, 햇살이고, 설레는 꽃이고
누군가에게는 아름다운 자연 같은 사람입니다.

당신은
한 자리에 머무는 고독한 나무 같은 사람이지만

누군가에게는 자유로운 날개를 달아주고
한 자리에 오래도록 머물러 누군가 힘겨워할 땐
쉼이 되어주는 그런 사람입니다.

그런 당신입니다.

슬퍼하지도 말고 기운 잃지도 말아요.

미완성의 자리

미완성이라는 말, 어찌 보면……
사람을 성장시키는 키움의 말이 되기도 합니다.
과연, 완벽하게 완성된 멋진 삶을 누리며
살아가는 사람은 몇이나 될까요?

제가 아는 바로는 아무도 없습니다.
추구하고 싶어 하는 이상향과 목표치에
거의 다가왔으리라는 생각이 들면
더 큰 이상향과 목표를 위해 새로운 계획을 세우고
다시금 완성 이전의 자리를 되찾아 가도록
되어 있는 것이 우리네 삶입니다.

덕분에 우리는 항상 미완성의 자리에서
완성의 자리를 넘보며 도전하고 노력하는
자세를 잃지 않게 됨을 느낍니다.

만족스럽지 못한 현재의 모습이 불만인가요?
완성의 자리를 찾아가고 있는 멋진 불만입니다.

그러하니, 웃으며 대면해야 할 미완성의
아름다운 자리를 지키고 있는 우리일 뿐임을
잊지 말아야겠습니다.

인생부호

마음은…… 아꼈다 주고 싶은 진심 (작은따옴표 ' ')

비밀은…… 말하고 싶지 않은 침묵 (말줄임표 ……)

현재는…… 조금만 쉬고 싶은 휴식 (쉼표 ,)

사랑은…… 슬프던 아름답던 설렘 (느낌표 !)

인생은…… 미래가 불분명한 명제 (물음표 ?)

그리고…… 나에겐 하나뿐인 너로 (마침표 .)